OUBLIER L'ÉTOILE

De la même autrice

Quartier des condamnés à mort, Les Presses d'aujourd'hui, 1981
Paroles d'innocents, Le Pré aux Clercs, 1992
Un été à Fleury, L'Archipel, 2004
Personne ne peut arrêter une fille qui rêve, Calmann-Lévy, 2014
Francine Leca : soigner les cœurs, Kero, 2016

BRIGITTE HEMMERLIN

OUBLIER L'ÉTOILE

Roman

CALMANN LEVY

CALMANN LÉVY
ÉDITEUR DEPUIS 1836

Couverture
Maquette : olo éditions

ISBN 978-2-7021-5711-4

Nos yeux reçoivent la lumière d'étoiles mortes.

André Schwartz-Bart,

Le Dernier des Justes

Chapitre 1

31 juillet, 7 heures

J'ai mal dormi. Le lit, trop dur, l'oreiller, inconfortable, et cette sensation d'étouffer qui m'a tenue assise une grande partie de la nuit. Hier soir, déjà, je me suis plainte mais personne ne s'en est soucié. Ce matin, je cherche toujours mon souffle, et je suis trempée de sueur. J'attends l'aide-soignante. Elle va me changer, enfin j'espère. Quand je réclame, elles disent toujours oui, puis tournent les talons. C'est ça, être vieux. Attendre que les autres prennent le temps de s'occuper de vous, sans qu'ils le fassent.

Il paraît que je vais bientôt avoir quatre-vingt-onze ans. Soixante et onze, en réalité, mais ils se détournent, chuchotent, rient sous cape quand je rectifie. Un jour, j'avais encore mon appareil auditif, je l'ai égaré depuis, ça devait arriver, il était minuscule, je les ai entendus murmurer que c'était normal que je me trompe, parce que j'étais atteinte de la maladie d'Alzheimer. Alzheimer ? Comme ma sœur aînée Suzanne qui à la fin ne reconnaissait plus personne ? Impossible. J'ai toute ma tête. D'ailleurs, on m'a fait un scanner du cerveau, et il était normal, à l'exception de quelques petites zones un peu plus grises que la neurologue a pointées du doigt. Là, là et là, a-t-elle expliqué, c'est en train de mourir. Ensuite, elle m'a donné un traitement, des tas de cachets à prendre matin, midi et soir, j'ai été obligée d'acheter un pilulier parce que je m'y perdais. Mais pour finir, j'ai tout arrêté, cela m'endormait, et chez moi, j'avais quand même beaucoup de choses à faire.

Il faut dire que ma maison, la vraie, pas la chambre minuscule dans laquelle je vis en ce moment, est très grande. C'est trop bien pour nous, a dit Charles, mon mari, quand nous l'avons visitée. Mais la propriété me plaisait vraiment. Alors j'ai insisté, calculé, et un chiffre derrière l'autre j'ai eu gain de cause. C'était il y a cinquante ans, pas un jour je ne l'ai regretté. Je m'y sentais si bien ! Le matin, nous déjeunions sur la table carrelée de la cuisine, il y avait du pain frais, de la confiture maison, mitonnée dans l'une des grandes casseroles de cuivre pendues au mur. Par la fenêtre, on apercevait notre verger, deux cerisiers et un abricotier, et les framboisiers qui formaient une haie vigilante. De l'autre côté, là où le soleil donne la plus grande partie de la journée, il y avait cette grande terrasse semée de statues de pierre, la piscine, et bien sûr le grand jardin que j'ai toujours fleuri de roses.

Tous les matins, je sortais cueillir un bouquet, je mélangeais les rouges carmin, les blanches délicates comme la nacre, puis celles d'un jaune très pâle, des merveilles. J'ai une passion pour les fleurs, mes filles m'en offraient à chacune de leurs visites, tiens maman, c'est pour toi, celles-là tu pourras les replanter, fais attention, l'orchidée a besoin d'eau. Depuis combien de temps ne sont-elles pas venues me voir ? Et mon mari, où est-il donc passé ? Est-il encore chez nous ? Est-ce qu'il soigne mes fleurs ? Ou est-ce qu'il les laisse faner, comme je fane lentement ici ?

J'ai essayé de retourner là-bas bien sûr. Mais à chaque fois que je m'approche de la porte vitrée donnant sur l'extérieur, les femmes en blouses blanches s'interposent. Allez regarder un peu la télévision, lancent-elles bêtement, vous avez l'air fatiguée. Dans une heure ou deux, on viendra vous chercher, on vous fera faire une petite promenade. Et quand je proteste, quand je dis qu'il faut que je rentre, elles m'assurent que je me trompe. Chez moi, maintenant, c'est ici, une pièce à vivre commune où trône une vieille télévision, et cette chambre aux murs nus, un lit, une commode, une armoire, un petit Frigidaire. Où est ma maison, où est mon jardin ? Je vais aller les retrouver tout doucement. Ce n'est pas si loin, après tout, un pas après l'autre, je suis bonne marcheuse, tous les dimanches je faisais des kilomètres dans la forêt, avec les filles qui râlaient derrière moi et le chien en laisse. Aujourd'hui, la tête me tourne parfois, mais mes jambes sont encore solides. Il faut juste que je fasse un effort. C'est difficile, l'air me manque, mais, un mouvement après l'autre, je vais y arriver. Je bascule jusqu'à l'extrême bord du lit, je prends appui sur le matelas, je me redresse, un côté après l'autre, voilà, ça a été dur mais je suis assise. À présent je vais me lever, un, deux, trois, allez, encore un effort, je vais y arriver – et voilà que la porte de la chambre s'ouvre, et que mon cœur s'emballe. Je connais la silhouette qui se tient sur le seuil. Maman ?

La dernière fois que je l'ai vue, c'était à l'hôpital, quand tout le monde me disait, médecin et infirmières, qu'elle allait mourir. Mais ils se sont trompés, elle n'a pas fermé les yeux, elle n'a pas renoncé, elle ne gît pas sous la pierre froide que j'ai pourtant si souvent visitée, elle est là, à deux pas de moi. Je reconnais son visage carré, ses cheveux gris ramassés en un éternel chignon, et cette blouse informe qu'elle enfile après s'être lavée. Que c'était difficile, la toilette, dans le trois-pièces que nous allouait l'office des HBM[1] de Paris, rue Félix-Terrier ! Il n'y avait pas de salle de bains, seulement un lavabo, et pas d'eau chaude. Tous les matins, elle se levait la première et remplissait une casserole avant de la poser sur le gaz. En attendant que son contenu tiédisse, elle mangeait un peu de pain arrosé d'un café noir. Ensuite, à pas hésitants – ses pieds chaussés de grosses savates la faisaient souffrir –, elle s'approchait de la gazinière, s'emparait de la casserole, en versait le contenu dans le lavabo avant de frotter un gant sur le savon de Marseille. Le tissu était rêche à force d'avoir servi, elle le passait tout de même méthodiquement sur son corps. D'abord les mains, un doigt après l'autre, ses ongles étaient taillés à ras, c'était plus facile pour faire la cuisine, on lui demandait encore parfois, malgré son âge, de préparer des menus de fête. Personne dans le quartier ne savait cuire le bortsch comme elle, ni confectionner ces

1. Habitation à bon marché, nom des HLM jusqu'en 1950.

strudels si sucrés qu'on croyait manger du miel. Mais ce qu'elle cuisinait le mieux, c'était la carpe farcie dont elle nous régalait tous les vendredis soir, mon père, mes frères et sœurs et moi.

Elle tenait la recette de sa mère qui elle-même la tenait de la sienne, les mêmes ingrédients, les mêmes gestes, exactement, qui aboutissaient à ces boulettes de poisson d'un beige fade, dégustées avec du raifort et de gros cornichons polonais sucrés. Elle achetait les carpes vivantes, et les laissait nager quelques heures dans une grande bassine de fer. Ensuite, elle les attrapait une après l'autre et, d'un geste sec, leur brisait le cou sur l'un des coins de la table de la cuisine. Je trouvais ça dégoûtant, mais mes frères n'auraient raté le spectacle pour rien au monde. Ils riaient devant les efforts désespérés du poisson qui cherchait à se dégager, s'amusaient de voir ma mère les entailler, et les éviscérer. Combien de carpes a-t-elle tuées et cuisinées, depuis la première ? Au moment de la toilette, comme pour chasser l'odeur du poisson, elle passait le gant sur chaque doigt de ses mains, avant de rincer à coups d'eau claire, et d'en venir au visage, une joue après l'autre, le front, les yeux, les oreilles. Le tout sans regarder le petit miroir accroché face à elle, pour quelle raison l'aurait-elle fait ? Ce qui comptait, ce n'était pas d'être belle, c'était d'être propre, c'est ce qu'elle nous répétait à nous, ses filles. Elle avait bien raison, même si j'étais certaine d'être la plus jolie de toutes, j'étais même plus jolie que Suzanne, la seule de la famille à avoir des yeux d'un bleu très pur.

Maman, voilà que tu t'approches de mon lit. Tu m'as manqué, tu sais, je suis si contente que tu sois là. Tu souris, tu es si belle, si fière, à te regarder personne ne pourrait deviner que tu ne sais ni lire ni écrire. J'ai bien essayé de t'apprendre, mais tu n'y es jamais arrivée, tu hochais la tête, tu me disais, *nou*[1], ma fille, c'est trop tard, et puis à quoi ça servirait ? J'en sais bien assez pour vivre le temps qu'il me reste. Tu vois qu'il t'en restait du temps, puisque tu es là aujourd'hui et que tu passes un bras autour de mes épaules. Bonjour, dis-tu, il faut te lever, on va aller se laver. Il est l'heure d'aller à l'école. Tu as raison, il est tard déjà, au moins 7 h 30, la cloche sonne à 8 heures, il faut que je m'habille. De la chambre monte un brouhaha, mes frères et sœurs, qui se lèvent à leur tour, se chamaillent, sept gosses pour trois lits, les filles d'un côté, les garçons de l'autre, voilà que tu te prends la tête entre les mains et que tu soupires, combien de fois est-ce que je

1. Expression yiddish qui signifie « et alors ? ».

t'ai vue comme ça, ployée, silencieuse, accablée par les rires et les cris de la fratrie. Tu n'as pas changé, mais tu as lâché tes cheveux, ils forment une auréole blanche autour de ton visage, tes lèvres sans couleur murmurent à mon oreille, et puis non. D'un coup, c'est comme si mes yeux se dessillaient. Comment est-ce que j'ai pu me méprendre ? Ce n'est pas toi. La femme qui me tire précautionneusement hors du lit, celle qui passe ma chemise de nuit trempée au-dessus de mes épaules, c'est Sophie, l'aide-soignante, elle ne te ressemble pas du tout, bien trop maigre, bien trop frêle, qu'est-ce qui m'a pris ? *Vous n'avez pas l'air bien*, me dit-elle, *vous êtes toute pâle, je vais aller prévenir l'infirmière...*

Pâle, moi ? Mais non. C'est juste que maman était là, et qu'elle a disparu. Depuis quelque temps, c'est comme ça, les gens apparaissent, puis ils s'en vont, sans autre explication, et je me retrouve toute seule, alors que je déteste ça. Je sens les larmes qui montent à mes yeux. Il ne faut pas que je pleure, ce n'est pas grave. Quand je serai rentrée chez moi, je descendrai dans le garage, et je prendrai ma voiture, celle qu'ils ne me laissent plus conduire, mais j'ai gardé une clef, bien cachée, sous mon matelas, et je te rendrai visite chez toi, dans l'appartement que tu n'as jamais quitté.

Mais d'abord, je vais aller m'occuper de mon jardin. Il faudra sans doute que je balaye, la terrasse est toujours sale, des feuilles l'automne, des pétales l'été, ça ne me gêne pas. J'aime bien ça, balayer, ça m'apaise, ce mouvement lent et régulier des bras, pas d'effort, et la sensation que tout est propre. Ici aussi, d'ailleurs, pour ça il n'y a rien à redire, les filles passent la serpillière tous les matins, ensuite ça sent bon la Javel. Sophie est ressortie. Je vais en profiter pour me lever de nouveau, un geste après l'autre. Quand je pense que j'étais une gymnaste accomplie, la plus souple de ma classe! Il faudrait que je m'y remette. Chez moi il y a un vélo d'intérieur, je vais l'utiliser, vingt kilomètres par jour et je retrouverai tout mon allant. En attendant ça y est, je suis assise, j'oscille un peu, à droite, à gauche, mais ça va aller. Mes vêtements sont à côté de moi, sur la chaise. Je vais les enfiler, les uns après les autres même si cela me paraît compliqué, je ne reconnais pas toujours l'envers de l'endroit, le plus difficile à mettre, c'est le soutien-gorge. Je m'en passerais bien, ils ne me servent pas à grand-chose, mais si je sors en chemise de nuit, les aides-soignantes vont encore se moquer. Elles rient souvent de moi en ma présence, comme si je ne comprenais pas, comme si j'étais une plante verte. La dernière fois c'était hier, pendant la toilette, elles se gaussaient, tu as vu, elle a des chemises de nuit en soie mais ça ne l'empêche pas d'étaler sa merde sur elle, dire qu'on doit nettoyer ça. L'une gloussait, l'autre faisait la grimace, les deux me manipulaient, me tournaient, me retournaient, allez madame, aidez-nous un peu, relevez-vous donc toute seule, encore un effort, voilà, maintenant on va pouvoir passer le gant partout, ça sera pas du luxe. Quand elles me lavent, l'eau n'est pas toujours très chaude, ou elle est brûlante, au contraire, mais elles s'en fichent, j'ai beau protester, c'est comme si elles ne m'entendaient pas. Si elles me laissaient le temps, je pourrais me laver toute seule, je sais le faire, tout de même, chez moi, je passais de longues heures dans la douche, une belle douche à l'italienne construite sur mesure. La cabine carrelée de bleu et de rose était idéale, facile d'y entrer, facile d'en sortir, et le pommeau de douche avait plusieurs positions, du plus fort au moins fort. C'était revigorant, ce jet puissant qui me massait le dos, ici, on dirait que l'eau est rationnée, elle coule en filet, la faute au calcaire qui bouche les tuyaux, c'est comme ça dans les bâtisses construites à bas prix. Dès que je serai à la maison, je filerai dans ma salle de bains, et j'y resterai tout le temps qu'il me plaira. Je jouis à l'avance de ce moment de plaisir, si je ferme les yeux, je peux sentir l'eau qui coule sur moi. De l'eau ? Non. Je crois que je me suis oubliée, mon Dieu, encore, qu'est-ce qui m'arrive ?

Maman va me gronder, il faut que je me change de nouveau avant d'aller la rejoindre, mais cela va être difficile, j'ai dû présumer de mes forces. Je respirais mal, à présent, j'étouffe. Je vais m'étendre sur mon lit. Si j'étais chez moi, j'appellerais Charles à l'aide. Viens, me dirait-il, appuie-toi sur moi, allez, encore un effort, voilà, tu y es presque, allonge-toi, je vais prendre ta tension. L'air concentré, il passerait un appareil autour de mon poignet, glisserait un cachet dans ma bouche et, l'instant d'après, mon mal de tête se ferait moins intense. Mais ici, personne ne m'aide, personne ne me soutient, il n'y a même pas de sonnette pour appeler le personnel, je suis seule, dans cette chambre étrangère, où sont mes filles, mes petits-fils, ma petite-fille, mes arrière-petits-enfants, où sont-ils tous, disparus, envolés, pourquoi m'ont-ils laissée, est-ce qu'ils m'ont oubliée ? Et Charles, pourquoi n'est-il pas là ? Hier encore, pourtant, il dormait avec moi, dans notre grand lit si confortable, où est le lit si bien fait, couette moelleuse et oreillers de plume, et cette couverture de vison sauvage dont, l'hiver, je me servais en guise de couvre-pieds, où est-elle passée ?

Je suis si fatiguée, mes yeux se ferment, la tête me tourne. Je vais dormir un peu. Ensuite, je pourrai partir.

Rapport de l'aide-soignante

Au réveil, Mme Morin m'a paru très confuse. Elle a passé une mauvaise nuit, et semble oppressée. Il faudrait que l'infirmière passe la voir avant la fin de la matinée.

Chapitre 2

8 heures

À travers la fenêtre, le ciel est une invite à la promenade. Tout à l'heure je voulais sortir, je m'en souviens. J'avais même passé mes vêtements, pantalon beige et gilet de laine mohair, celui que je préfère, doux comme une plume et chaud à la fois. J'ai dû m'assoupir un moment. Quelle heure est-il ? Hier soir, j'avais une montre au poignet, elle n'y est plus ce matin. C'était le dernier de mes bijoux. Ici, tout a disparu, l'anneau d'or surmonté d'un brillant que Charles m'avait offert pour nos trente ans de mariage, le bracelet et les boucles d'oreilles assorties, mon collier de perles. Quand je réclame, on me répond que, avec mon accord, on les a remis à ma famille. Vrai ou faux, de cette chambre tout s'envole, bijoux, eau de Cologne, bibelots, photos. Voilà quelques jours encore, dans un joli cadre, mon père me souriait, figé dans son plus beau costume, celui qu'il portait le jour où la police française l'a arrêté. Ce matin, le mur est vide.

Je n'avais que douze ans quand c'est arrivé. J'étais une enfant sage, perdue dans mes lectures et mes rêveries. À l'école, j'étais la première de la classe, même si on me traitait de youpine. Mes frères se battaient, pas moi. Je préférais me taire, baisser les yeux, faire semblant de rien, chanter, avec les autres, Maréchal nous voilà, tu nous as redonné l'espérance. D'ailleurs youpine, je ne savais pas très bien ce que ça voulait dire, chez nous, jamais on ne prononçait une prière. Le livre sacré de mon père, c'était *Les Misérables*, de Victor Hugo. Il nous racontait Cosette et Jean Valjean, Javert et les Thénardier, nous lisait les passages les plus forts, nous faisant remarquer combien la langue française est belle et riche. Ici, nous disait-il, il ne pourra jamais rien nous arriver, nous sommes protégés. C'est un pays de paix et de prospérité. Et puis maintenant, nous sommes français.

Et c'était vrai que nous l'étions, tous, et jusqu'à nos prénoms. Là-bas, en Pologne, nous nous appelions Moische, Schmuel, Rivka, Sura, Feigele. Ici nous sommes Marcel, Roger, Régine, Suzanne, Hélène… Dans un tiroir de notre commode, mon père gardait précieusement nos actes de naturalisation et nos cartes d'identité françaises, ces sésames qui nous ouvriraient, le croyait-il, les portes de la respectabilité. À Varsovie, nous avions encore de la famille, sa sœur, son beau-frère, et leurs sept filles, mais ils nous étaient comme étrangers. C'était avant, rien n'était encore arrivé, mon père ne savait pas encore qu'il allait les rejoindre et mélanger ses cendres aux leurs.

Il a été interpellé dans la rue. Un voisin chanceux, qui a évité la patrouille, nous a prévenus. Est-ce qu'il a crié, est-ce qu'il a protesté, ou est-ce qu'il est calmement monté dans l'autobus avec tous les autres, Mme Finkel et ses enfants, une fille et deux garçons, Rosa, ma meilleure amie, qui jouait si bien du piano, Maurice Barouch et sa femme, qui était à la veille d'accoucher ? Tel que je le connais, il n'a sans doute rien dit, persuadé que c'était une erreur, et que tout le monde allait être relâché. Dans le véhicule bondé, il a sans doute laissé sa place à Mme Barouch, et a consolé Rosa, ne t'inquiète pas, ça ne va pas durer longtemps, tu pourras aller à ton cours, ce soir, qu'est-ce que tu joues en ce moment ? *La Lettre à Élise*, et Bach, a-t-elle répondu. Peut-être même a-t-elle mimé une gamme, main gauche, main droite, main gauche et main droite, doigts si déliés. L'autobus roulait à travers Paris, mon père n'avait pas peur. Il était en France, Victor Hugo et Zola, Voltaire et Montesquieu, et la Déclaration des droits de l'homme. Tout cela c'était une erreur, qu'on allait corriger.

Nous l'avons attendu toute la journée, puis toute la soirée, puis toute la nuit, serrés les uns contre les autres, oubliant, pour une fois, de nous chamailler. Nous avons dîné de tartines beurrées et de chicorée au lait, mes frères ont réclamé, ils avaient encore faim, rien ne les a jamais empêchés de manger, mais maman n'a pas cédé, d'ailleurs elle paraissait ne rien entendre. Au petit matin, quand nous nous sommes réveillés, tassés les uns sur les autres, il n'était toujours pas rentré. Elle est allée demander conseil à l'oncle Élie, qui s'appelait désormais François. Il a haussé les épaules, marmonné qu'il l'avait prévenu mais qu'il n'avait rien voulu entendre et qu'à présent, il était sans doute mort. Mais quelques jours après l'arrestation, une lettre est arrivée. Marcel, mon frère aîné, l'a lue à haute voix. *Chère femme, je suis à Pithiviers, envoie-moi des draps et des couvertures et à manger parce qu'ici, c'est bien pire qu'en prison. Je peux me maintenir seulement avec le colis. Envoie-moi aussi une assiette et un couteau. Je ne peux pas tout écrire.*

Tous les Polonais, on les emmène, les Français pas. Je ne peux pas en écrire plus. Jacques.

Il va revenir, a dit maman, ce n'est qu'une question de jours. Les jours ont passé, et les lettres ont continué d'arriver. *Chère femme et chers enfants. Je peux vous écrire que je suis en bonne santé, j'espère que c'est pareil pour vous. J'ai bien reçu le colis, il a duré longtemps, c'était bien. À présent, il faut que je vous dise ce qui se passe ici, tu ne pourrais pas le croire. Cette chère Sarah avec son mari ont été envoyés… ce qui se passe ici est terrible. Ma chère femme et mes chers enfants. J'ai eu votre colis avec des pruneaux, du poisson et du fromage et les autres choses mais le paquet était mouillé et le sucre en train de fondre, les cigarettes on me les a prises. Quand tu m'envoies deux demi-pains, on en prend un et on en laisse un, c'est pourquoi tu dois m'envoyer un pain découpé. Envoie aussi un gros oignon parce qu'on a pas droit à deux. Ma chère femme, ne m'envoie plus rien, on va nous faire partir je ne sais où. Je t'écrirai quand nous serons arrivés, prends soin de toi et que nous nous retrouvions en bonne santé. Va voir Élie, il prendra soin de vous en attendant mon retour.*

Ma mère lui a obéi, mais il n'est jamais revenu. Pourtant, maman répétait : il n'est pas mort, Élie, je t'interdis de dire le kaddish. J'ai demandé mais c'est quoi le kaddish ? Mon frère

Marcel a répondu c'est la prière des morts. On ne va pas le réciter, tant qu'on n'est pas sûrs. Plus tard, nous, les enfants, on a été sûrs parce qu'on a reçu l'avis de décès de notre père à Auschwitz, il ne nous est plus rien resté de lui, juste sa photo, que j'ai accrochée au mur de ma chambre. J'aimerais bien la retrouver parce que souvent, le soir, quand je suis seule, j'embrasse tendrement sa joue, et il me dit que, de tous ses enfants, je suis toujours sa préférée.

Madame ? J'étais bien, mon père me serrait dans ses bras, je respirais l'odeur de son eau de Cologne, et voilà que l'infirmière m'appelle. C'est déjà le matin ? J'ai l'impression que je viens seulement de m'endormir. Je sors de ma rêverie lentement, il faut qu'elle cesse de crier, j'ai juste un peu de mal à ouvrir les yeux. *Vous allez bien ?* Évidemment que je vais bien, même si elle a fait sortir mon père de la chambre, et que la tête me tourne parce que j'ai faim. *Vous voulez vous lever pour aller prendre votre petit déjeuner ?* Bien sûr que je le veux. La salle à manger n'est pas si loin, une cinquantaine de mètres à peine, je devrais pouvoir y arriver. *Très bien alors, on y va, mais avant, je vais prendre votre tension.* La voilà qui pose l'appareil sur mon bras, il se gonfle, il me serre, il se dégonfle, il recommence, est-ce que ça va finir ? *18, c'est élevé. Vous voulez rester allongée?* Non. Moi, ce que je veux, c'est aller manger, mais elle tente de m'immobiliser, *allons, soyez raisonnable, je vais faire venir le médecin, il sera là en fin de matinée, ce sera plus prudent, vous devez vous ménager.* Non, lâche-moi! Je m'entends crier, quelle drôle d'impression, il faudrait que je me calme mais quand on me contrarie c'est plus fort que moi, la colère me gagne. Lâche-moi, je te dis! Je la repousse, je me redresse, me voilà assise au bord du lit, mes chaussons sont là, j'enfile ma robe de chambre, je me coiffe à l'aide de mes doigts, je me lève, ça tourne, mais tant pis, j'y vais quand même, manger, c'est mon droit. Personne ne me le retirera.

Il faut que je me dépêche. Je les entends. Là-bas, à l'autre bout du couloir, ils sont déjà tous rassemblés autour des tables. Une vingtaine de résidents, comme on les appelle, de vieilles personnes chenues, aux cheveux rares, aux visages fripés, qui se déplacent qui avec une canne, qui avec un déambulateur, rien à voir avec moi qui suis encore solide. La plupart n'ont plus leur tête, je me demande ce que je fais là, avec eux, ils ont l'air tellement mal en point, c'est à peine s'ils arrivent encore à porter leur cuillère à la bouche, mais personne ne les aide, alors ils restent là, des taches plein leurs vêtements ou la bave dégoulinant de leurs lèvres. M. Ducour fait mine de jouer du violon, un grand sourire aux lèvres, il était concertiste, avant, il a parcouru le monde, joué dans les plus grandes salles. Il penche la tête, attendant les applaudissements. Son voisin réclame une cigarette d'une voix de fausset, j'ai oublié son nom, Murray, Mourray ? Mme Solers s'est levée et tourne autour des tables, une fois dans un sens, une fois dans l'autre. Sans se soucier d'elle, ni d'aucun d'entre nous d'ailleurs, une aide-soignante pianote sur son téléphone. Un peu plus loin, une autre somnole. Une désolation, même si, sur les tables dressées de nappes blanches, de petits bouquets de fleurs sont posés, comme sur la brochure que mes filles m'ont apportée.

Elles sont venues un dimanche de juin. Les roses étaient resplendissantes, serrées en bouquets le long de la terrasse ou épanouies en petits bosquets. Roses, orangées, carmin, pourpres à en être presque noires, blanches, ivoire, jaune pâle, elles déclinaient des couleurs délicates, mais certaines de leurs feuilles jaunissaient. Des champignons ? Ça me préoccupait. Les champignons, pour s'en débarrasser, c'est long, compliqué, une année, il a même fallu arracher tous les rosiers. Ça m'a retourné le cœur. Toute à mes préoccupations, j'ai à peine tourné la tête quand les filles se sont approchées de moi pour m'embrasser. J'ai remarqué, tout de même, que la grande était mal coiffée, comme d'habitude. Je m'apprêtais à lui dire de ramasser ses cheveux en chignon, à son âge, cette tignasse aux épaules, c'est ridicule, mais elle m'a devancée. Maman, mais qu'est-ce que tu fabriques, a-t-elle demandé, tu es encore en chemise de nuit ? À l'heure du déjeuner ? Du coup, j'ai oublié ses cheveux. C'est vrai que le soleil était haut dans le ciel. Pourquoi est-ce que je n'étais pas habillée ? Je m'étais levée vers 9 heures, comme d'habitude, et j'avais tranquillement pris mon petit déjeuner avant de sortir faire le tour du jardin. Je suis descendue jusqu'à la piscine donner le pain sec aux canards qui viennent là tous les jours, de beaux oiseaux au col d'un vert soutenu qui me saluent du bec dès qu'ils se posent sur l'eau. Je les ai attendus un moment, en vain, alors j'ai tourné les talons jusqu'au massif d'arums, très réussi cette année, on aurait dit des sentinelles immaculées fièrement plantées au garde-à-vous. Ensuite, j'ai décidé d'aller soigner mes roses, et je me suis sans doute perdue dans leur contemplation.

Mais après tout, quelle importance ? J'étais dans mon jardin, il n'y avait personne pour me voir, seulement mon mari, et si j'avais oublié de m'habiller, ce matin-là, ma chemise de nuit valait bien n'importe quelle robe, avec son décolleté plongeant ourlé de broderies. J'ai commencé à expliquer tout ça à ma cadette, l'aînée, ce n'est pas la peine, elle veut toujours avoir raison, mais les deux filles se sont mises à crier, à croire qu'elles s'étaient donné le mot. Maman, tu saignes, regarde tes bras ! J'ai haussé les épaules, bien sûr que je saignais, elles croyaient quoi, que je n'avais pas vu les griffures striant ma peau ? Les rosiers ont des épines, on ne peut pas toujours les éviter. Et elles, il faut toujours qu'elles exagèrent, elles m'ont fait rentrer *manu militari* et badigeonnée de désinfectant. Ça me piquait horriblement, mais je n'ai pas pu y échapper, la grande me tenait, la petite tamponnait les griffures. Allez, disaient-elles, laisse-toi faire, sinon ça va s'infecter. Après, elles m'ont fait asseoir dans mon fauteuil préféré, et elles m'ont montré la brochure.

C'est vrai, c'était joli. Une belle et grande bâtisse entourée d'un parc verdoyant, des chambres spacieuses confortablement meublées, des salles à manger ouvertes sur l'extérieur, l'endroit ressemblait à un bel hôtel, à ceci près que je ne voyais pas l'intérêt d'y résider. Pourquoi quitter ma maison, mon jardin, mes roses, ma chambre confortable, et ce séjour où flambe, l'hiver, un grand feu de bois ? Puis, comment abandonner mon mari ? Soixante ans qu'on se levait ensemble, qu'on travaillait ensemble, qu'on mangeait ensemble, qu'on dormait ensemble. Une nuée de jours et de nuits, et il fallait s'arrêter là, comme ça, d'un coup, alors que tout allait bien ? Bien sûr, parfois, c'était un peu difficile, ma mémoire me jouait des tours. Je salais deux fois la soupe, je me trompais de farine pour faire les gâteaux, sarrasin au lieu de blé, mais qui ne fait pas d'erreur ? Charles savait me rassurer. Il savait, aussi, taper du poing sur la table quand les filles parlaient de me placer. Tant que je vivrai, disait-il, elle restera chez nous, à mes côtés. Pas question de la mettre dans un mouroir, c'est comme ça qu'il appelait l'endroit où je suis aujourd'hui. Comment est-ce qu'il a pu renoncer ?

Hélène ! Voilà que Rosie m'appelle, parce qu'elle m'a gardé une place autour de la table. Je lui réponds, d'un signe de la main, et dans le même temps, je redresse mes épaules. Hélène, quel beau prénom, celui que portait la fille de Zeus et de Léda. Ses trois syllabes si françaises claires, douces et faciles à prononcer m'ont ouvert toutes les portes. Hélène ! Rosie me hèle toujours, elle a rempli mon bol de café. Un nuage de lait, des tartines beurrées, elle est gentille, vraiment, puis avec elle je m'amuse bien, la nuit, parfois, nous nous rejoignons pour faire des farces. En riant sous cape, nous entrons à pas de loup dans les chambres des autres, et nous nous emparons à tâtons des choses qui nous font envie. L'autre fois, notre butin comptait quatre montres, au matin, je les portais fièrement à mon poignet, j'ai lutté contre l'aide-soignante qui voulait que je les rende. Pourquoi les rendre ? Elles sont à moi, j'ai dit, ici, tout le monde veut me dépouiller, je dois faire attention à tout, d'ailleurs, je dois retourner dans ma chambre, j'ai laissé mon portefeuille dans le tiroir de ma table de nuit, on va me voler l'argent qu'il contient, j'en suis certaine. Mes filles me laissent toujours un peu d'argent, pour que je m'achète quelque chose si j'en ai envie. Mais qu'est-ce que je pourrais bien acheter ? Il n'y a rien, pas une boulangerie, pas un café, pas une seule boutique, juste un distributeur de boissons, quel intérêt d'acheter un café ? Cela me manque tellement de ne pas pouvoir flâner dans les magasins, avant, je rentrais chez moi les bras lourds de paquets, c'était une fête de les déballer, de regarder mes armoires bien pleines, d'avoir le sentiment que j'étais, à jamais, sortie de la gêne. Où sont-ils maintenant, tous mes vêtements, est-ce qu'on les a donnés, comme si j'étais déjà morte ? Je ferme les yeux pour mieux me les rappeler, d'abord le vison noir, puis la panthère, mêlée de cuir, l'astrakan, qui appartenait à ma belle-mère mais que j'ai fait retailler, la zibeline, et ses dizaines de queues argentées, puis les cuirs, de toutes les couleurs, rouge, noir, gris, violine, un pour chaque jour de la semaine, et les autres, cachemire beige, blanc, imperméables doublés. Quand j'aurai terminé de boire mon café, j'irai les récupérer, et j'en profiterai pour tailler les roses, et peut-être aussi ramasser les fraises.

Elles venaient en avril. Elles rosissaient doucement, un jour après l'autre. Je ne laissais à personne le soin de les cueillir même si me pencher était difficile. Une fois ma bassine pleine, tout commençait. Laver, ôter les queues, couper, faire cuire avec la bonne quantité de sucre, tourner, écumer, respirer l'odeur puissante qui se dégageait de la mixture, arrêter le gaz juste au bon moment, verser dans les pots, les fermer hermétiquement, les retourner, c'était une bonne après-midi de travail à chaque fois. Mais la récompense s'étalait, le matin, sur mes tartines en une confiture parfaite, ni trop douce ni trop acide. Qui, cette année, va s'occuper des fraises ? Et qui va nettoyer notre piscine ?

Au début, quand nous avons acheté la maison, ce n'était qu'un vaste bassin, peu profond.

J'ai décidé de faire construire une vraie piscine carrelée de bleu. Une piscine, a fait remarquer mon mari, mais combien ça va coûter ? Je lui ai répondu que ça m'était égal, et que nous avions bien assez d'argent pour nous offrir ça. Les travaux ont commencé très vite, et l'été suivant, elle était là, ronde et profonde, remplie d'une eau claire et douce. Dès que je serai rentrée, je vais aller m'y tremper, même si elle est un peu fraîche. Peut-être que mes filles me rejoindront, la grande et la petite, et aussi mes petits-enfants. Ainsi serons-nous réunis, pour la première fois depuis longtemps – *madame, madame, ouvrez les yeux, regardez-moi*, revoilà l'infirmière, qu'elle me laisse, qu'elle me lâche, je ne suis pas malade, j'ai seulement un peu chaud, je veux aller nager, ça me fera tant de bien.

Chapitre 3

9 heures

Je sors de l'eau. J'ai nagé longtemps, en rond, le bassin est ainsi fait, une dizaine de brasses vers la gauche, une dizaine de brasses vers la droite, et ainsi de suite, d'autres se lasseraient mais pas moi, au contraire, j'aime longer les parois carrelées de bleu, j'ai choisi leur teinte, un azur profond qui rend l'eau plus claire encore. Le soleil donne fort, mais je suis à l'abri des grands arbres, des mélèzes aux troncs vigoureux, aux faîtes d'un vert bronze. À côté d'eux, plus élancé, aiguilles pâles, branches joliment étagées, se dresse le sapin planté pour le premier anniversaire de mon petit-fils. Comment s'appelle-t-il déjà ? Marcel ? Non, Marcel, c'est mon frère, l'aîné, celui qui est tailleur, et qui est marié à Esther. Éric ? Non, c'est le pseudonyme qu'utilisait mon mari dans la résistance, à seize ans, il allait voler des armes aux Allemands, il n'en parle jamais, ou si rarement. Élie ? Non. Élie, c'est mon oncle, celui qui avait une cordonnerie rue d'Avron et qui s'est occupé de nous après la guerre. Édouard, alors ? Oui, c'est ça, Édouard, le fils de mon aînée, elle l'a eu sur le tard et n'a jamais voulu me le confier. Pourtant, il aurait été tellement bien ici, dans ma belle maison ! Mais elle m'a dit : c'est mon fils, il restera avec moi, que ça te plaise ou non. Ça m'a fait du mal, cette phrase. Ça m'a rappelé qu'elle ne m'a jamais aimée. Toute petite, elle refusait déjà que je l'approche, que je la prenne dans mes bras, que je l'embrasse. On aurait dit qu'elle m'en voulait. Ce n'est pourtant pas ma faute si elle est née malade. C'est à cause de cet accident.

J'étais enceinte de trois mois, les nausées du matin m'avaient mise en retard, mon patron m'attendait. Je suis sortie de chez moi en courant, je me suis engagée sur le passage clouté, je n'ai pas vu le scooter arriver. Je me souviens encore du choc, de ma peur, plus de peur que de mal a dit le conducteur quand je me suis relevée, mais tout de même, je saignais, une vilaine estafilade à la jambe, mes bas étaient déchirés, des bas tout neufs, j'allais devoir en racheter. Un passant m'a dit il faut appeler les secours, vous êtes quand même bien amochée. Les pompiers m'ont emmenée à l'hôpital, j'ai dit que j'étais pressée mais ça n'y a rien changé, arrivée là-bas, j'ai dû attendre. Les gens allaient et venaient, indifférents, un flot de blouses blanches affairées, ça sentait l'éther et le camphre, je crois que je me suis endormie sur ma chaise. À la fin, on m'a fait entrer dans un petit box et un médecin a regardé ma jambe. Ce n'est pas grand-chose, m'a-t-il dit, mais je vais vous faire quelques points de suture et une piqûre antitétanique. Il n'était pas très adroit, un point après l'autre, il m'a fait un mal de chien, à la fin, je l'ai remercié quand même et puis ça m'est revenu, j'ai murmuré ah oui, j'ai oublié de vous prévenir, je suis enceinte. Enceinte ? Il a froncé les sourcils, haussé les épaules, vous auriez dû me le signaler, mais maintenant, de toute façon, c'est trop tard. Trop tard pour quoi ? Il a marmonné quelque chose, l'air coupable, je n'ai pas bien entendu, je lui ai demandé de répéter, mais il m'a juste saluée d'un geste de la main et est sorti. Je suis rentrée chez moi pour changer mes bas, avant d'aller travailler. J'étais comptable dans une petite entreprise qui vend des chaussures, c'est l'oncle Élie qui m'avait obtenu ce poste, j'étais la seule employée, je ne pouvais pas manquer, même une journée. Charles et moi comptions nos sous, à cause du bébé qui allait arriver, on se disait que dans quelques mois nous aurions un petit garçon solide au regard bleu et aux cheveux très blonds, qui ne ressemblerait en rien à mes frères et sœurs, tous des rouquins à la peau blanche, aux épaules creuses, à la maigreur maladive, sauf Schmuel, qui s'appelle maintenant Roger.

Quand il est né, mon père l'a regardé en fronçant les sourcils. Pourquoi est-il différent des autres ? a-t-il demandé. Pourquoi est-il si brun, et d'où viennent ses yeux noirs ? Après, nos parents ont chuchoté longtemps dans leur langue secrète, du yiddish, du polonais, du russe, allez savoir, tout ce qui est sûr c'est que nous ne comprenions rien, sauf Marcel et Suzanne. Ce sont eux, les deux aînés, ceux qui ont grandi à Varsovie, qui nous ont traduit les disputes. Il n'est pas de moi, disait mon père, tu es fou répondait maman, tu sais bien qu'aucun homme, à part toi, n'a jamais posé les mains sur moi. Elle avait beau parler, jurer, pleurer, le physique de Roger restait un mystère. Plus tard, à la bibliothèque de l'école, j'ai lu un conte qui parlait d'un vilain petit canard, qui ne ressemblait en rien à ses frères et sœurs, et qui s'en allait courir le monde, pour découvrir que, finalement, il était un cygne. Roger a grandi vaille que vaille avec nous, puis il est parti lui aussi, quelques mois avant mon père. Il a pris le maquis, a dit Marcel. J'ai demandé, qu'est-ce que c'est, le maquis ? Personne ne m'a répondu, alors je me suis persuadée que mon frère cherchait sa vraie famille dans une jungle broussailleuse. Je l'imaginais écarter les buissons d'épineux à mains nues, et traverser les rivières vaille que vaille, luttant contre le courant, son beau visage tendu vers l'autre rive. Pendant des mois, on n'a plus eu de nouvelles de lui, il n'écrivait même pas de lettre, ce serait trop dangereux, disait l'oncle Élie. À la fin, on ne l'attendait plus, mais un jour on a entendu la clef tourner dans la porte d'entrée, et il est entré.

Il avait changé. Il était devenu un homme aux épaules larges, aux muscles bien dessinés, sous la chemise blanche. Ses cheveux noirs étaient tombés, il n'avait pas trente ans, mais il était déjà presque chauve, du coup, il ressemblait enfin à mon père. J'ai crié : Roger, voilà Roger. Ma mère est sortie de la chambre, elle passait de plus en plus de temps allongée, le médecin disait que son diabète la fatiguait, et que toutes ses grossesses l'avaient usée, surtout la dernière, à quarante-sept ans, a-t-on idée ? N'empêche, elle s'est précipitée, oye, oye, disait-elle, mon Roger tu es là, je savais bien que rien ne pourrait t'arriver, ton père a été arrêté, il est à Pithiviers, est-ce que tu sais comment le faire sortir de là ? Elle a dit tout ça en yiddish, bien sûr, Suzanne me l'a traduit après, sur le coup je les ai juste regardés s'enlacer, et je me suis dit que maintenant, tout allait s'arranger, mais bien sûr je me trompais.

Le médecin est en train de m'ausculter. Quand il est arrivé, j'étais avec Roger, il venait de m'apprendre que j'allais désormais vivre au bord de la mer. L'idée ne me disait pas grand-chose. J'avais bien reçu une carte postale envoyée de Quimper par ma meilleure amie, elle était partie en vacances là-bas juste avant de monter dans l'autobus avec mon père. C'était beau, cette eau bleue frappant les rochers de vagues mousseuses. Mais ça a été plus fort que moi. À l'idée de quitter la rue Félix-Terrier, je me suis mise à pleurer, doucement d'abord, puis de plus en plus fort, et les sanglots ont fini par me submerger. Mon père aurait cédé, il n'a jamais supporté mes larmes. Roger, lui, a été intraitable. Ici, a-t-il répété, tu es en danger. Tu partiras que tu le veuilles ou non. Il allait continuer, argumenter, m'expliquer une fois de plus que les youpins étaient pourchassés, mais la porte de ma chambre s'est ouverte, et il s'est tu en voyant le médecin de la maison de retraite entrer.

Je le connais bien, il vient me voir une fois par semaine, mais là ce n'était pas son jour. Sans doute avait-il eu un empêchement, et avait-il voulu se rattraper. À moins que l'infirmière l'ait prévenu que je ne me sentais pas très bien ? En tout cas, il ne pouvait pas plus mal tomber, mais je l'ai salué gentiment tout de même, pour montrer que je ne lui en voulais pas de nous avoir interrompus, Roger et moi. Mon frère a fait quelques pas en arrière, pour lui laisser la place, et le médecin a déboutonné ma chemise de nuit, et a découvert mes seins tout fripés.

Je ne sais pas comment c'est arrivé. Voilà quelques semaines encore, j'avais un corps ferme, rond, tout en courbes gracieuses, des jambes magnifiques quand elles étaient gainées de jolis bas, une taille bien marquée, une peau lisse et douce, une peau de lait, disait Charles. En si peu de temps tout a changé, j'ai l'air d'une vieille femme. Il faut que je réagisse, il faut que je me soigne. Quand je serai rentrée chez moi, j'achèterai les meilleures crèmes, et au besoin, je ferai même appel à la chirurgie esthétique, il n'est pas encore trop tard, ride après ride, pli après pli, tout peut encore s'arranger. Vous verrez docteur, bientôt, je serai de nouveau belle, la prochaine fois que nous nous rencontrerons, vous ne me reconnaîtrez pas ou à peine, *inspirez, expirez, encore, voilà*, le médecin se redresse, rabat gentiment ma chemise de nuit, et se tourne vers l'infirmière qui vient de nous rejoindre.

Je la connais bien. Elle s'appelle Annie, elle a de longs cheveux roux comme cette jeune femme sur le tableau, celle qui flotte sur l'eau, les yeux fermés, je l'ai vu au Louvre, quand les musées étaient encore autorisés aux youpins. Elle sent si bon, ici, c'est rare, mademoiselle, quelle est la marque de votre parfum ? Il est délicieux, j'aimerais acheter le même, chez moi, tous les matins, je mettais une touche de Chanel N° 5 au creux de mes poignets, je l'avais apporté, mais j'ai vidé le flacon et personne ne l'a remplacé. Allons bon, voilà que je parle toute seule, elle se détourne, elle sort de la chambre, sur les talons du médecin qui lui dit : *ça ne me plaît pas, on dirait un début d'œdème pulmonaire*. Mon frère Roger les suit, c'est fou, il a la silhouette de mon père, petit, râblé, puissant, si seulement papa pouvait le voir, comme il serait heureux ! Roger ? Il faut que tu retrouves papa pour lui montrer comme tu lui ressembles, je parle fort, mais toi non plus tu ne te retournes pas, pourquoi est-ce que tu pars ? Ah oui c'est vrai, j'avais oublié, tu dois aller chez ton ami imprimeur, celui qui va se charger de mes papiers, et tu ne veux pas te faire surprendre par le couvre-feu. Sois prudent, surtout, je ne voudrais pas qu'il t'arrive malheur par ma faute, dehors, tu sais, il y a plein d'Allemands.

La carte d'identité est parfaitement imitée. Elle porte ma photo, celle d'une gamine aux longs cheveux bouclés, au visage rond troué de deux grands yeux noisette. Rien de juif, vraiment, dans ces traits réguliers, ce nez droit, ces lèvres pleines étirées en un demi-sourire. Rien de juif, non plus, dans le patronyme tapé en caractère d'imprimerie, Hélène Simon. Hélène, mon prénom, le français, celui qui me protège, Simon, mon nom de famille. Quand j'ai vu le document pour la première fois, j'ai protesté. Simon, c'était mon petit frère, né juste après moi. Nous devions fêter son neuvième anniversaire quand il s'est plaint d'un gros mal de tête. Ma mère l'a couché, elle lui a fait boire de la tisane, elle lui a mis des cataplasmes sur le dos, mais rien n'y a fait. La fièvre est montée, 39, puis 40, demain, s'il ne va pas mieux, nous appellerons le médecin a dit mon père. Le lendemain, Simon était mort, j'ai encore dans les oreilles le hurlement que maman a poussé en découvrant son petit visage blême et déjà froid. Je ne veux pas m'appeler Hélène Simon, mais Roger me dit : allez, ne fait pas ta butée, comme ça, au moins, tu te souviendras de ton nom de famille si quelqu'un te le demande pendant le voyage. Un voyage, quel voyage ? Tu vas à la mer, tu te souviens ? Oui, je me souvenais, mais ça me faisait peur, je n'avais jamais quitté les environs de notre appartement, et encore moins avec un inconnu, puisqu'un inconnu allait m'accompagner. C'est un curé, a dit Roger, tu l'appelleras mon père. Mon père ? Là non plus je n'étais pas d'accord, un père je n'en avais qu'un, il allait revenir, on le croyait encore, même si l'oncle Élie avait fait dire le kaddish par l'un de ses amis rabbin. Arrête de faire des histoires, a tranché Roger, il a de la suite dans les idées, et derrière lui se tient le médecin, *Madame, j'ai demandé qu'on appelle les pompiers pour qu'ils vous transportent aux urgences.*

Tenez-vous prête, a dit le docteur. Prépare-toi, a dit Roger. Ensuite, ils se sont de nouveau éclipsés, à croire que c'étaient des fantômes traversant les murs. Sont-ils jamais venus ? Roger m'a-t-il donné ma carte d'identité ? Le médecin m'a-t-il parlé ? Personne, à côté de moi. Aucun bruit, dans le couloir. Un rai de soleil, qui traverse la chambre. Je vais pouvoir me reposer. Je serais bien allée chercher un peu de jus d'orange dans le Frigidaire, mais je n'ai pas le courage de me lever. Dommage que Charles ne soit pas là. Il m'en aurait versé un grand verre, et nous aurions bavardé. J'aime bien parler avec lui de tout et de rien, ce que nous allons manger aujourd'hui et demain, sole grillée ou rôti de veau aux morilles, la cheminée qu'il faut faire ramoner, cette année, il ne faut pas oublier, la tuile qui est tombée du toit, il va falloir la remplacer, il va falloir aussi acheter les fleurs pour le jardin, il est temps de les planter. On va aller chez Truffaut, on en profitera pour aller faire un tour à Parly 2, tu as besoin d'une nouvelle veste, et moi, l'autre jour, j'ai vu des chaussures qui me plaisent.

Le lendemain, on partait en milieu de matinée, c'était toujours moi qui conduisais, je prenais plaisir à rouler dans ma nouvelle voiture, une Clio rouge, flambant neuve, achetée à crédit, c'était plus judicieux, le vendeur nous l'avait assuré. La route était agréable, une trouée dans la campagne, des champs à gauche, à droite, puis la forêt et le rond-point des chevaux de Marly et ses statues. On admirait la fontaine, on passait devant le restaurant, un jour il faudra y aller, oui, on invitera ma cousine Fanny et son mari, ils vont adorer l'endroit. Quelques kilomètres encore, et nous nous garions devant le centre commercial, tout près de l'entrée, c'est ça l'avantage d'y aller en semaine, il y a toujours de la place disait Charles. Nous nous promenions un long moment dans les galeries encore désertes, celles du haut, celles du bas, nous faisions un tour au BHV, puis nous allions déjeuner au Chinois. Le menu était invariable, riz cantonais et poulet à la citronnelle pour moi, bœuf au gingembre et nouilles sautées pour Charles, et du nougat pour dessert. Ensuite, le café avalé, il est toujours mauvais ici, on devrait s'en souvenir, nous allions chez Truffaut, et nous remplissions de fleurs un grand Caddie, si lourd que Charles avait du mal à le pousser. Rosiers grimpants, tulipes, chèvrefeuille, pensées, géraniums pour les fenêtres, arums, on casait tout ça comme on pouvait dans la voiture, et nous prenions le chemin du retour. Maintenant, il va falloir planter, disait Charles avec une grimace.

Vous êtes prête ? demande le médecin. Tu es prête ? demande Roger. Tiens, les revoilà, l'un à gauche de mon lit, l'autre à droite, ils me regardent, l'air interrogateur. Mais non, je ne suis pas prête. Je ne veux pas aller aux urgences. Je ne veux pas, non plus, partir à la mer. Je veux rentrer chez moi. Je dois aider Charles. Nous avons rapporté tellement de fleurs, jamais il ne va arriver à les planter tout seul, il n'est tout de même plus si jeune, puis c'est mon jardin, je dois lui indiquer la place de chacune d'entre elles, j'y ai longtemps pensé. Dans les bacs en pierre de la terrasse, nous mettrons les tulipes rouges, puis les jaunes, puis les blanches, je veux qu'elles forment des bouquets séparés, les pensées seront à l'aise le long du grillage qui sépare la pelouse des escaliers menant à la piscine. Les rosiers grimpants fleuriront au-dessus de la terrasse, et les arums s'ouvriront en bosquets à droite de la piscine, ils se plaisent là-bas.

Allez Hélène, c'est l'heure de partir, viens avec moi. Roger est dans le jardin. Charles ne l'a pas vu arriver, trop occupé à préparer les bacs, il va se faire un tour de reins s'il reste trop longtemps courbé vers la terre, je dois le lui dire, mais avant que j'aie pu ouvrir la bouche mon frère me prend la main. Hélène, le curé t'attend. C'est vrai, il est là, à quelques pas, un homme jeune mais à la bedaine déjà imposante, vêtu d'une longue soutane noire qui accentue encore le carmin de ses joues. De petits yeux plissés sous d'épais sourcils broussailleux, un sourire franc découvrant des dents mal alignées, de grosses mains aux doigts couverts de poils noirs, il me déplaît au premier regard mais je n'ai pas le choix. J'ai à peine le temps de respirer que déjà tout est derrière moi, le jardin et ses fleurs, la piscine et les statues de pierre aux airs mélancoliques, la maison nimbée d'un soleil printanier. La porte de l'entrée se referme, nous descendons la petite rue en pente, l'autobus est là, en bas, qui nous attend, un vieil autobus jaune, ouvert à l'arrière, et dont le chauffeur nous salue d'un signe de tête indifférent.

Ne parle à personne, me dit le curé, ne regarde pas les patrouilles allemandes, ni les soldats isolés si nous en croisons, fais comme si de rien n'était. N'oublie pas, tu t'appelles Hélène Simon, et tu vas rejoindre l'une de tes tantes en Bretagne pour quelques semaines de vacances. D'accord, je m'appelle Hélène Simon, mes parents ne sont pas nés en Pologne, nous ne sommes pas des youpins, d'ailleurs, le revers de mon manteau ne porte pas l'étoile jaune, et je suis heureuse d'aller retrouver ma tante et mes cousins. À Paris, dit encore le curé, tu habites à la Nation, ton père est professeur de français, et ta mère femme de chambre. Tu as deux frères et une sœur. Tu voyages avec moi parce que je suis un vieil ami de la famille, d'ailleurs c'est moi qui t'ai baptisée, si besoin est, je donnerai ton certificat, je l'ai avec moi. Tu as bien compris ? Oui, mon père, ma voix s'étrangle, mais qu'est-ce que je fais là, avec cet homme ? Papa, si seulement tu pouvais enfin rentrer chez nous, tu te pencherais vers moi, tu m'attraperais et tu me ferais tournoyer, ensuite tu te laisserais tomber sur le fauteuil cent fois raccommodé, tu répares si bien le cuir, et tu ouvrirais l'un de tes livres, ensemble, nous avions commencé à lire *Notre-Dame de Paris*.

Je vais vous emmener visiter cette cathédrale, nous disais-tu. À chaque fois qu'il t'entendait prononcer ces mots, l'oncle Élie était furieux, enfin Yankel, comment peux-tu entrer dans une église ? Tu sais bien que pour nous, les juifs, c'est interdit, que dirait notre père s'il te voyait ? Rappelle-toi, il était pieux, il nous a appris toutes les prières, il doit avoir honte aujourd'hui de ce que tu es devenu, un goy ou presque, aucun de tes fils ne va à la synagogue, chez toi on ne mange pas casher, tu mélanges le lait et la viande, un jour tu seras puni, l'Éternel, béni soit son nom, te foudroiera comme il a foudroyé Sodome. Ça te faisait rire, ce discours, d'un grand rire sonore qui plissait ton visage. Le week-end suivant, comme pour mieux enfoncer le clou, tu allais marcher à l'intérieur de Notre-Dame, où, dans les odeurs d'encens, tu retrouvais les fantômes de Quasimodo et d'Esméralda. Puis, un jour, tu as tenu ta promesse et tu nous as tous emmenés, je me souviens encore de la couleur des vitraux, et des chants qui montaient vers la voûte. Mes frères riaient et se poussaient du coude, mes sœurs bâillaient, moi je regardais autour de moi, figée d'admiration devant le Christ en croix.

Qui est-ce ? t'ai-je demandé. Tu as souri, et tu m'as simplement répondu que tu m'expliquerais, mais tu n'as jamais eu le temps de le faire, parce que tu es monté dans le bus.

Le mien, de bus, continue de rouler à petite vitesse, le curé et moi nous traversons Paris. Place de la Nation, place de la Bastille, nous voilà sur les quais de Seine, là-bas, élancée vers le ciel comme une prière, se dresse la flèche de Notre-Dame. Si le prêtre ne me tenait pas si fermement la main j'irais me réfugier sous ses voûtes, dans l'espoir de t'y retrouver. Tu sais, me dit-il, tu n'es pas la première petite juive que je viens chercher à Paris. Je ne suis pas un héros, mais je ne suis pas d'accord avec ce que l'on vous fait subir. Et puis t'emmener en Bretagne, c'est faire le bien. Tu vas retrouver le bon chemin, celui de la vérité du Christ Notre Seigneur. Un jour, tu seras baptisée – et tu m'en remercieras toute ta vie.

Chapitre 4

10 heures

Je croyais être dans le bus avec le curé que je dois appeler mon père. J'ai dû rêver, parce que je suis toujours dans ma chambre. Le soleil est un peu plus haut dans le ciel, les murs sont toujours nus, le lit n'a pas été refait, des odeurs de nourriture flottent dans l'air, ici, on déjeune tôt. Qu'est-ce qu'il y aura à manger à midi ? Toutes les semaines, on nous donne un menu pompeux, allant du lundi au dimanche. Lundi céleri rémoulade, blanquette de veau et ses champignons, crème caramel. Mardi salade de carottes, bœuf bourguignon, banane. Mercredi salade de tomates, rôti de veau et ses légumes, tarte aux pommes. Jeudi pâté maison, omelette piperade, pommes au four. Vendredi concombres à la crème, lotte safranée, éclair au café. Samedi radis, couscous maison, clémentine. Dimanche salade à la marocaine, navarin, yaourt. Quand on lit ça, on en a l'eau à la bouche, et puis quand ça arrive sur la table, on déchante, c'est trop gras, trop sec, trop cuit, pas assez relevé, parfois, tout va à la poubelle. Je leur ai demandé cent fois de me laisser aller en cuisine, je pourrais les aider, je suis un vrai cordon-bleu, et puis ça m'occuperait un peu parce que les trois quarts du temps je m'ennuie ferme, même avec Rosie. Mais les aides-soignantes refusent, non merci, ce n'est pas la peine, le chef s'occupe de tout, il est payé pour ça. Payé peut-être, mais je préférerais le faire moi-même, l'autre jour, on a eu un atelier, ils appellent ça comme ça, c'était salade de fruits, j'ai épluché les pommes, ça m'a fait du bien. Qu'est-ce que je donnerais pour faire un gâteau, j'aime tellement pétrir la pâte à pleines mains, maman, est-ce que tu les as lavées demande toujours mon aînée, comme si j'avais les mains sales.

Il n'y a pas seulement les odeurs. Il y a aussi le bruit. Rosie passe devant ma porte en chantant à tue-tête, elle a une jolie voix et tout un répertoire, aujourd'hui elle a choisi *Marinella*, derrière elle une aide-soignante appelle sa collègue, Dominique, Dominique, j'ai besoin de toi, Mme Vogel demande qu'on l'aide pour aller aux toilettes – et puis il y a ces voix d'hommes – bonjour, c'est quelle chambre, la 8 ? – et ce bruit de brancard que l'on pousse, la dernière fois que je l'ai entendu, les pompiers venaient chercher Charles.

C'était le matin, j'avais mis la cafetière en route avec un peu de mal, je ne me souvenais plus comment elle s'allumait, il me l'expliquait tous les jours, et tous les jours j'oubliais, mais il ne m'en voulait pas, il fredonnait simplement « j'ai la mémoire qui flanche, j'me souviens plus très bien ». Ça me faisait rire, le café coulait, ça sentait bon, je choisis toujours le même, du Grand-Mère, les paquets rouges sont faciles à trouver sur les étagères des supermarchés, et il n'est pas trop corsé. Charles a disposé nos bols, deux tasses de porcelaine aux couleurs de l'Alsace, il est né là-bas, et il a mis le pain à griller. Encore une minute, et nous serions assis, l'un en face de l'autre, à déguster nos tartines. Mais il m'a dit, attends, il faut que je monte chercher mes médicaments, je les ai oubliés dans la chambre, et il est sorti.

Je dois bien le reconnaître. Je n'ai plus la notion du temps. Parfois, je crois que cinq minutes se sont écoulées, et une heure entière est passée. C'est sûrement ce qui est arrivé. Quand j'ai levé la tête vers les aiguilles de l'horloge murale, elles avaient bien avancé. Dans la cuisine, tout était exactement pareil. Le café avait coulé, le pain grillé était à point, le beurre et la confiture étaient posés sur la table, les tasses à leur place habituelle. Mais Charles n'était pas là. À cette heure, c'était tout à fait anormal. Où était-il allé ? Quand ? Comment ? Pourquoi n'avait-il pas servi le café ? Je ne savais plus trop quoi faire, parce que c'était lui qui, d'ordinaire, remplissait ma tasse, aux trois quarts, plus un nuage de lait, jamais de sucre. Bien sûr je pouvais le faire, mais cela troublait la routine de mon début de matinée. Est-ce qu'il fallait que je mange sans lui ? Ou est-ce que c'était mieux que je l'attende ? À un moment, il m'a semblé l'entendre m'appeler, mais je n'étais pas sûre, je n'ai pas mes appareils, à cette heure-là. Alors j'ai décidé d'aller faire un tour dans le jardin, dehors, il faisait si beau.

Plus tard, les filles m'ont dit que Charles était resté presque deux heures par terre, après avoir fait son malaise. Elles m'ont demandé pourquoi je n'avais pas appelé les secours quand je l'avais trouvé. Mais est-ce que je le savais, moi, qu'il était évanoui ? Il avait l'air de dormir, un bras sous la tête, il ronflait même un peu, il était paisible. Je n'ai pas voulu le déranger. Je me suis dit que nous déjeunerions plus tard, après tout rien ne pressait. Je l'ai laissé, et je suis redescendue dans le jardin. C'est là que l'aide de vie m'a rejointe. Madame, madame, m'a-t-elle dit, que s'est-il passé ? Quelques minutes plus tard, le camion rouge est arrivé.

Il se garait souvent devant la maison, quand nous étions malades, une grippe pour lui, une hausse de tension pour moi. Les pompiers s'occupaient de nous avant de nous demander d'appeler notre médecin traitant, parce que finalement, tout n'allait pas si mal. Mais cette fois-là, ça a été différent. Quand ils l'ont vu par terre, qui ne répondait pas à leurs appels, monsieur, monsieur, ouvrez les yeux, est-ce que vous nous entendez ? Ils ont eu l'air préoccupé et ils sont allés chercher tout un tas d'appareils dans leur camion. Je n'ai pas bien vu ce qu'ils en faisaient, parce qu'ils m'ont demandé de sortir de la chambre, mais je les ai entendus parler au téléphone en alignant des chiffres et des informations. Homme de quatre-vingt-cinq ans, tension 20/10, saturation 92, bradycardie à 37, d'accord on l'emmène. Ensuite, une fois raccroché, ils ont mis Charles sur leur brancard. Il avait toujours les yeux fermés, et on l'avait recouvert d'une jolie couverture dorée, l'aide de vie m'a dit que c'était une couverture de survie. Mais à quoi devait-il survivre ? Il ne courait aucun danger, il allait se réveiller, c'était l'affaire de quelques minutes. Peut-être même qu'il allait ouvrir les yeux, et demander à rentrer tout de suite, parce qu'il n'aime pas me laisser seule, il dit qu'un accident est vite arrivé. Il a raison. Les choses, parfois, vous échappent. Un jour, par exemple, j'ai oublié de mettre le pare-feu devant la cheminée alors que je venais de faire une belle flambée, et une bûche a roulé sur le tapis, encore un peu, et il s'embrasait, ç'aurait été dommage, parce que c'était un vrai tapis de soie, importé de Chine. Charles était furieux, il m'a grondée, Hélène, vraiment, tu fais n'importe quoi, je le revois encore, debout devant la cheminée, un bel homme aux yeux très bleus, qui ne ressemblait en rien à celui étendu devant moi.

Mais au fait, était-il vraiment malade ? Ou voulait-il m'abandonner ? Les hommes sont comme ça, dès que ça leur passe par la tête, ils s'éclipsent. Ma sœur Marguerite en a fait l'expérience, quand son mari est sorti pour aller acheter des cigarettes, et qu'il n'est jamais rentré, la laissant seule avec ses quatre gosses. Des années plus tard, elle a découvert qu'il menait une double vie. Une femme dans une rue, l'autre à quelques dizaines de kilomètres, une nuit chez l'une, un jour chez l'autre. Peut-être que Charles l'avait imité ? Peut-être qu'il fréquentait depuis des années une maîtresse plus jeune et plus jolie que moi ? Peut-être que, pour aller la retrouver, il faisait mine d'être malade ? Pour en avoir le cœur net, j'ai demandé aux pompiers si je pouvais l'embrasser avant qu'ils l'emmènent, et je me suis approchée de lui. C'est à ce moment-là que ses yeux se sont légèrement entrouverts, avant de se refermer très vite, comme s'il avait été pris en faute. Là, la colère m'a secouée. Il jouait la comédie, c'était sûr. Qui est-ce que tu vas retrouver ? Le cri m'a échappé, ensuite, ça a été plus fort que moi, je me suis jetée sur lui, et je l'ai saisi au col, en hurlant qu'il n'était qu'un lâche.

Ça a été une belle bataille. Moi qui giflais mon mari, les pompiers qui tentaient de m'en empêcher, l'aide de vie qui essayait de les aider, calmez-vous madame, disait-elle, il ne part que pour quelques heures, il va revenir. Elle mentait, j'en étais certaine. Alors j'ai griffé, mordu, je me suis débattue, j'ai hurlé mais pour finir, j'ai lâché prise, je ne suis plus aussi solide tout de même. L'un des pompiers m'a ceinturée et forcée à rentrer dans ma cuisine, les autres ont sorti le brancard de la maison. Allez, a dit l'aide de vie, prenez ce cachet, ça vous fera du bien, je vais appeler vos filles, elles vont venir s'occuper de vous et en attendant qu'elles arrivent, vous allez prendre votre petit déjeuner.

Sans Charles, le café et les tartines n'avaient pas le même goût. J'ai remis de la confiture de fraise en couche épaisse, tant pis pour mon diabète, mais j'avais du mal à avaler. Qui était la maîtresse de Charles ? Depuis quand la fréquentait-il ? Où se retrouvaient-ils et quand ? Maman, papa ne te trompe pas, a dit mon aînée, qui venait d'arriver. C'est toi qui te fais des idées. Viens te doucher, je vais te laver les cheveux, ensuite quand tu seras habillée, nous prendrons de ses nouvelles.

C'était bien, la douche. Je suis toute propre. J'ai enfilé mon joli peignoir bleu, et des pantoufles neuves. Maintenant, nous allons téléphoner à l'hôpital, pour savoir comment va Charles. Mais où est le téléphone ? Il a disparu, et avec lui le décor rassurant de ma chambre à coucher, avec son grand lit tendu de rose. Je ne suis plus chez moi, je suis dans une pièce inconnue, aux murs nus, pas un cadre, pas une photo sur ma table de nuit, pas une fleur, où est mon orchidée ? Et pour quelle raison deux pompiers se penchent-ils sur moi ? À gestes brusques, mais efficaces, les voilà qui calent leur brancard le long du lit. *On va vous emmener aux urgences.* Les urgences ? Mais pourquoi ? Je me sens bien, maintenant, ma tête ne tourne plus, je respire mieux. L'hôpital, c'est réservé aux malades, moi je suis en pleine forme, ou presque. *Ne bougez pas, madame, laissez-nous faire.* Un deux trois, ils me font rouler doucement du lit au brancard, et me recouvrent de la même couverture que celle qui protégeait Charles quand ils l'ont emmené tout à l'heure, un tissu léger et doux, qui plaît au toucher. Je dois être jolie, dans l'or de cette étoffe, elle doit me donner bonne mine, dommage que ce matin, je n'ai pas eu le temps de me maquiller. Allons, en route, c'est le plus important. Au moins, je vais sortir d'ici. Alors que le brancard se dirige vers l'extérieur, les résidents s'agglutinent autour de nous. Allongée sur le dos, je ne les vois pas, mais ils sont là, cheveux blancs et rares, silhouettes trop maigres et trop voûtées, visages creusés de rides, bouches plissées sur des mots inaudibles, stoppés par la porte vitrée que nous venons de franchir. Les voilà qui reculent, et regagnent, à pas lents, l'ennui de la salle commune ou la solitude de leurs chambres. Devant moi, l'immense hall lumineux où l'on accueille futurs pensionnaires et familles, à gauche les machines à café, depuis combien de temps n'ai-je pas bu un expresso bien sucré et très chaud ? Les pompiers pourraient m'en offrir un mais non, ils poussent mon brancard à pas pressés, ils ont raison, les roses et les arums attendent depuis longtemps, je ne dois pas m'attarder. Quelques mètres encore, à ma droite le comptoir avec les jolies brochures de présentation de l'établissement, juste devant moi les baies vitrées que j'ai franchies il y a si longtemps, escortée par mes filles. Voilà, ça y est, je suis dehors.

C'est bizarre. Tout à l'heure, j'en suis sûre, je suis montée dans l'ambulance. J'ai même protesté parce que j'étais à l'arrière, et qu'il n'y avait pas de fenêtre. À présent, le train me berce d'un mouvement doux, régulier, tranquille. Sous mes yeux, la campagne défile, des champs aux épis très mûrs, des villages enroulés sur eux-mêmes, des églises aux clochers pointus, une France resplendissante, qui oublie, le temps d'un été, qu'elle a été vaincue. En face de moi, une jeune femme tricote un pull d'enfant, une maille à l'endroit, une maille à l'envers, son petit garçon est assis à côté d'elle. Cheveux cuivrés et bouclés, yeux bleus, visage fin, elle ressemble à ma sœur Suzanne, celle qui a failli être arrêtée par les policiers français. Elle revenait de l'épicerie où elle était allée acheter du lait, elle espérait trouver un peu de pain aussi. Elle avait fait la queue longtemps pour revenir bredouille, et marchait sur le trottoir quand ils sont arrivés. Vos papiers, mademoiselle, a dit l'un d'eux, pas la peine, tu vois bien que c'est une youpine, a lancé un autre, je m'en occupe, a dit le troisième, continuez. Suivez-moi, a-t-il dit à Suzanne, elle pleurait, mais lui a emboîté le pas. Une centaine de mètres plus loin, il a murmuré tu sais, je ne devrais pas, mais tu es trop belle pour mourir, reste là, sous la porte cochère, je reviendrai te chercher.

Il a tenu parole. Pendant deux ans, Suzanne est restée cachée chez lui, un petit deux-pièces de la rue des Lilas. Au début, elle a dormi sur le canapé, mais elle a vite compris que l'hospitalité de Roland, c'était le nom du policier, allait avoir un prix. Quand, pour la première fois, a-t-il exigé une étreinte ? L'a-t-il forcée, ou a-t-elle accepté ? Personne ne l'a jamais su. Suzanne, quand elle est rentrée rue Félix-Terrier, était mariée, et muette. Une maille à l'endroit, une maille à l'envers, elle tricote, son petit garçon s'est endormi, le père Jalu égrène son chapelet. Je vous salue Marie pleine de grâce, le Seigneur est avec vous, qui est Marie, qui est le Seigneur, je te l'apprendrai bientôt, ne t'inquiète pas. Quand le contrôleur rentre dans notre compartiment, le curé sort ma carte d'identité. Je m'appelle Hélène Simon, j'ai douze ans, le mensonge sort de ma bouche comme une eau limpide, mon regard est assuré, mes mains ne tremblent pas, je n'ai pas peur, bien au contraire je suis heureuse, à l'ombre du prêtre, qui me protège comme le ferait l'ombre d'une croix.

Elle ne m'a jamais quittée, cette croix. À l'orphelinat, elle était présente sur tous les murs, du réfectoire aux chambres, des dortoirs aux cuisines, de la couverture de nos missels aux napperons brodés au point éponyme, et même au cours de nos promenades, au hasard des calvaires. Elle m'a suivie à mon retour, dans les églises que je fréquentais assidûment, immense devant l'autel, plus discrète sur les vitraux. Elle a orné mon chapelet, elle pend encore à mon cou, ce soir, rue Félix-Terrier, alors que je m'apprête à fêter mon vingt-septième anniversaire. Nous habitons là-bas, Charles et moi, parce que nous venons de nous marier et que nous ne roulons pas sur l'or, lui serveur au Café de la Paix, moi comptable dans une toute petite société. Ma mère a passé la journée à cuisiner, je lui ai demandé du bouillon de poulet et des knödels, l'une de ses spécialités. Les mains posées sur mon ventre, je suis enceinte de neuf mois, je l'ai regardée mélanger l'eau, les œufs, et la farine de pain azyme, avant de confectionner de petites boulettes de pâte et de les jeter dans de l'eau bouillante salée. La poule cuisait tranquillement, ça sentait bon, on allait se régaler, pour le dessert, elle avait fait un gâteau au fromage avec des raisins, mon préféré. Nous avons dîné tous ensemble, Maurice et Michel s'étaient joints à nous, c'était une soirée joyeuse, même si au bout de la table, à sa place, celle du chef de famille, se dressait le fantôme de mon père, celui que maman continuait d'attendre.

Il nous a regardés manger, lui aussi aimait le bouillon de poule et les knödels, lui aussi raffolait du gâteau au fromage, et moi j'ai soufflé mes bougies, vingt-sept c'était beaucoup, fais un vœu m'a dit Charles, j'ai essayé, mais il y avait trop de souhaits qui se pressaient dans ma tête. Je voulais devenir riche, avoir une belle maison et des domestiques, des bijoux et des fourrures, être appelée Madame, voyager dans le monde entier, surtout en Amérique, là où vivait ma sœur Régine, celle qui avait épousé un GI rencontré le jour de la libération de Paris, et qui ne cessait de nous envoyer de longues lettres vantant ce pays prospère. Je voulais changer de métier, parce que comptable, ce n'était pas ça qui allait me rapporter beaucoup, acheter un piano, et en jouer aussi bien que ma meilleure amie, celle qui était montée dans l'autobus pour ne plus jamais revenir. Je voulais que s'effacent en moi les souvenirs de mon enfance, ceux où je courais poursuivie par des gamins hilares qui criaient sale youpine, sale youpine. Je voulais un jardin plein de fleurs, roses, azalées, hortensias et géraniums mêlés, je me voyais penchée sur les massifs, sécateur à la main, émerveillée de parfums et de couleurs, une vraie jardinière, et derrière moi mes enfants et mes petits-enfants, tous réunis sur une grande terrasse ensoleillée, qui dégustaient la tarte aux pommes que j'avais cuisinée le matin même. C'est ce vœu-là que j'ai fait, les yeux fermés.

Après, une fois les bougies soufflées, je suis allée m'allonger, parce que je me sentais fatiguée, et c'est là que j'ai vu que je saignais. Je n'ai rien dit, je me sentais bien, au milieu de ce flot rouge qui s'écoulait petit à petit de moi et trempait le drap, c'était sans doute le bébé qui arrivait, dans quelques minutes, il allait sortir de moi, et se mettre à crier. Vraiment, j'étais chanceuse, nous allions partager le même jour de naissance, et fêter, ensemble, chaque année écoulée. C'est ce que j'ai dit à Charles, quand il m'a rejointe dans la chambre. Je croyais qu'il allait sourire et m'entourer de ses bras, mais non, il a reculé de deux pas. Hélène, tu saignes. Il est allé chercher ma mère et mes frères, et ils se sont tous mis à crier.

Madame, ouvrez les yeux, s'il vous plaît. Un homme est penché sur moi, il porte une blouse blanche, ma mère et mes frères se sont tus, je crois même qu'ils sont partis, Charles n'est plus là lui non plus, je cherche la croix à mon cou sans la trouver. *Comment vous appelez-vous?* On me demande mon nom, il faut que je réponde, je fouille ma mémoire, c'est terrible, tout de même, de ne même plus savoir comment on s'appelle, je mesure combien a dû souffrir ma sœur Suzanne. La dernière fois que je suis allée la voir, elle ne m'a même pas reconnue, elle marmonnait des phrases dans la langue de mes parents, je lui ai dit de se taire, qu'on allait savoir qu'on avait été youpins, et qu'on allait nous faire monter dans un autobus, comme notre père. Elle ne m'a pas répondu, elle a continué de bercer un enfant imaginaire, le petit garçon du train, peut-être. Ah oui, le train, voilà que tout me revient, la gare, le wagon, la fumée de la locomotive, le père Jalu, la carte d'identité qu'il tend au contrôleur. *Hélène Simon. Je m'appelle Hélène Simon.* Mon Dieu, que ça fait du bien de retrouver la mémoire.

J'en ai assez. Je veux partir. Je ne peux plus rester là, couchée sur un brancard, c'est inconfortable, mon dos me fait mal, j'ai soif, je dois aller aux toilettes, ah, voilà une infirmière, s'il vous plaît, *il faut patienter*, elle est passée sans s'arrêter, elle a juste lancé la phrase comme on jette une aumône à un mendiant, et encore, moi je pose doucement les pièces dans la sébile. En voilà une autre, elle me frôle, le couloir est étroit, mademoiselle s'il vous plaît, elle lève la main d'un geste excédé, *madame, attendez, vous n'êtes pas toute seule*. Elle a raison, tout autour de moi, d'autres brancards stationnent, portant des hommes, des femmes, et même un enfant. Les uns somnolent, les autres gardent les yeux grands ouverts en un regard fixe, déjà dénué d'espoir, un petit garçon pleure, consolé par sa mère, les blouses blanches vont et viennent, personne ne s'occupe de personne, heureusement, là, dans le couloir, arrive un homme en soutane, je le reconnaîtrais entre mille, c'est le prêtre qui est venu me chercher rue Félix-Terrier, mais comment s'appelait-il déjà ?

L'interne

Vérification faite, la patiente admise à 12 heures s'appelle Hélène Morin et est âgée de quatre-vingt-dix ans. Elle est atteinte de la maladie d'Alzheimer, et placée dans une maison de retraite adaptée à son état. Ses filles, contactées par téléphone, assurent qu'elles vont passer dans l'après-midi. Faire bilan sanguin complet et ECG.

Chapitre 5

12h30

Une maille à l'endroit, une maille à l'envers, Suzanne tricote, l'ouvrage monte doucement, le paysage, par la vitre, est blanchi par la fumée de la locomotive, le temps passe au rythme de la prière du père Jalu, Sainte Marie Mère de Dieu, priez pour nous pauvres pécheurs, maintenant et à l'heure de notre mort. Quelles drôles de paroles, il se trompe, personne ne va mourir, c'est l'oncle Élie qui nous l'a dit vendredi soir, juste avant mon départ. Nous étions tous réunis autour de la table, maman avait mis la nappe blanche et les serviettes assorties. C'était une belle table, une table de fête, comme nous n'en avions pas souvent vue, illuminée par les bougies d'un chandelier à sept branches. Maman a sorti la ménorah, papa n'aimerait pas ça, il détestait les religieux, m'a glissé Marcel à l'oreille. Je n'ai pas bien compris, mais je n'ai pas voulu avoir l'air bête, alors je ne lui ai pas demandé de m'expliquer. J'ai simplement écouté l'oncle Élie qui prononçait des mots dans la langue inconnue, *baruch ata Adonai melech ha holam* avant de couper la brioche à pleines mains, idiote, a glissé Suzanne, ce n'est pas de la brioche, c'est de la Chalot. Marcel et elle ont échangé un regard complice, et j'ai compris, à cet instant, qu'il y avait une différence entre les aînés de la famille et nous, les plus jeunes. Eux avaient grandi à Varsovie. Là-bas, ils avaient déjà assisté à ce rituel. Ils comprenaient ce qui se passait, et savaient pourquoi, ce soir, Élie avait mis une drôle de calotte sur sa tête. Ce n'est pas une calotte, c'est une kippa, a soufflé Marcel, toujours à mi-voix, et du coup, j'ai voulu en avoir le cœur net et j'ai demandé : alors on est vraiment des youpins ? Oui, a-t-il répondu. Mais on ne dit pas des youpins, on dit les juifs. Alors, pourquoi les gens nous appellent youpins ? Parce qu'ils nous détestent, ils prétendent qu'on a tué le Christ.

J'avais beaucoup d'autres questions à poser, c'est qui le Christ, quand a-t-il été tué, pourquoi ce soir, maman avait-elle sorti le chandelier, qu'est-ce que voulaient dire les mots prononcés par l'oncle Élie, pourquoi papa n'aimait-il pas les religieux, qu'est-ce qu'ils font d'autre, les juifs, mais tout le monde s'est arrêté de parler, parce qu'on a commencé à manger. La carpe farcie était délicieuse, comme d'habitude, accompagnée de gros cornichons, de gelée et de raifort, il n'en restait plus une miette à la fin du repas, et personne n'avait plus faim, mais nous avons quand même fait honneur au strudel confectionné par maman, je me demande où elle avait trouvé la farine, le sucre et le beurre. La dernière bouchée avalée, l'oncle Élie s'est levé, et a demandé le silence, il avait quelque chose d'important à nous dire. Maurice a râlé qu'il en avait assez et qu'il voulait aller jouer avec ses copains, ils l'attendaient depuis un bon moment, il devait leur apporter ses billes, mais maman l'a fait rasseoir d'une tape sur la tête et il s'est tu, comme nous tous. C'est à ce moment-là, et dans un grand silence, que l'oncle Élie a dit : les enfants, il va falloir partir.

C'est après ce repas que toute la famille s'est dispersée. Maurice et Michel sont partis à la ferme, au moins on va manger, a dit Maurice, en éclatant de son rire carnassier, Marcel est allé rejoindre ses beaux-parents dans l'Oise, où ils avaient une maison, Régine et Marguerite sont dans une famille, à quelques kilomètres de Paris, et Roger m'a convaincue d'aller vivre à la mer, d'ailleurs, je suis dans le train à côté du père Jalu qui lâche son chapelet en dodelinant la tête. Dehors, le paysage change, le ciel se fait plus bleu, la campagne s'étire toujours, déserte maintenant, face à moi, ma sœur Suzanne me sourit, pose son tricot, et gentiment, caresse mes joues. Quelques minutes plus tard, nous voilà arrivés. Le père Jalu me prend la main, nous descendons ensemble du train, dans la gare, il y a des Allemands, mais personne ne nous demande rien, une voiture nous attend, voilà, dit-il, nous avons réussi, tu vas bientôt être en sécurité.

L'orphelinat est situé entre lande et mer, longue bâtisse aux murs chaulés, et au toit d'ardoises grises. Dans le grand parc, des fillettes jouent qui à chat, qui à la balle aux prisonniers. Jupes bleu marine et corsages blancs, chaussettes montées jusqu'aux genoux, pieds chaussés de gros brodequins, elles posent sur moi un regard curieux, vite détourné quand le père Jalu leur fait signe de ne pas nous importuner. Le prêtre et moi, nous avançons ensemble vers l'entrée, il porte ma valise, ne lui donnez pas trop de choses, a-t-il dit à ma mère. J'ai tout de même emporté mon pull gris, celui qu'on m'a offert pour mes douze ans, la laine est douce au toucher, et il est chaud, comme ça, a dit maman, tu ne prendras pas mal là-bas. Il restera dans mon armoire, voilà qu'on me donne mon trousseau, semblable à celui des autres, pas d'étoile, je suis comme elles. Le père Jalu me dit je te présente sœur Clotilde, elle va prendre soin de toi. La religieuse a un drôle de chapeau sur la tête, on appelle ça une cornette, m'explique-t-elle, alors que je la regarde, c'est joli, on dirait des ailes déployées vers le ciel, est-ce que je peux avoir la même ? Elle sourit, un jour peut-être, on verra, en attendant, installe-toi, ensuite je te présenterai à tes camarades.

Premier jour, deuxième jour, troisième jour, que se passe-t-il chez moi, comment va ma mère, comment vont mes frères et sœurs ? Qui a survécu, qui a été pris ? Je ne demande rien, personne, ici, ne doit savoir qui je suis même si, ajonc et lande, petits bois et bruyères, salle de classe aux tables et aux bancs soigneusement cirés, tout m'est étranger. Tout, sauf *Le Comte de Monte-Cristo*, ce livre que j'ai pris avant de partir, en cachette, dans la petite bibliothèque de mon père. Le soir, quand j'entame ma lecture, au milieu du dortoir endormi, j'imagine qu'il est à côté de moi, et que nous en tournons ensemble les pages – et comme la belle Haydée, je murmure le prénom du héros, Edmond, Edmond, Edmond.

Madame, je vais vous déplacer pour que nous puissions vous examiner. Une femme en blouse blanche est à mon chevet, l'orphelinat a disparu, le livre s'est refermé, mon père s'est évanoui, cela semblait pourtant tellement vrai, je pouvais sentir l'odeur de la mer toute proche, un relent âpre et iodé, maman, ton esprit te joue des tours, dirait mon aînée. Mais elle ment, j'en suis sûre, tout comme la neurologue, qui, lors de notre seconde visite, à Charles et à moi, a dit qu'au vu des examens complémentaires que nous avions effectués, c'était irréversible, elle a détaché les syllabes de ce mot, ir-ré-ver-si-ble. J'ai haussé les épaules, elle devait sûrement exagérer, parce que je ne me sentais pas si mal que ça, le matin même, j'avais terminé une grille de mots croisés, même si pour trouver certains mots, j'avais dû regarder la solution. Charles, lui, avait l'air accablé, il a soupiré, puis il a dit, mais il y a sûrement quelque chose à faire ? Enfin je ne sais pas, moi, on est dans un pays moderne, tout se guérit, sauf le cancer. Il doit bien y avoir un médicament ? La neurologue a dit non, je suis désolée, et moi j'ai haussé les épaules, parce que je savais bien que je n'avais pas besoin de remède. D'ailleurs, pour prouver à Charles que tout allait bien, c'est moi qui ai préparé le thé, quand nous sommes rentrés.

Du thé. Je veux boire du thé. Un simple Lipton, avec une tranche de citron, bien chaud, dans ma tasse préférée, une délicate coupe de verre posée dans un cerclage de métal argenté. Est-ce que quelqu'un pourrait m'en apporter une ? Je savoure par avance le goût citronné de la boisson, je ne mets jamais de sucre, pour que ça pique un peu la langue, comme les bonbons que nous sucions quand j'étais petite. Mademoiselle, s'il vous plaît, est-ce que je peux avoir une tasse de thé ? *Je ne sais pas si vous avez le droit de boire, on verra tout à l'heure, voilà, je vais vous déshabiller*. Je ne suis pas trop d'accord, mais je la laisse faire, parce que dans la couverture dorée, j'ai eu beaucoup trop chaud, et que je suis en sueur. À gestes adroits, elle fait passer ma chemise de nuit de percale blanche au-dessus de mes épaules et la retire, dessous je ne porte rien, j'ai un peu honte qu'elle me voie, mais elle ne semble pas prêter attention à ma nudité, *on va enfiler ça*, me dit-elle, en glissant mes bras dans une vilaine chemise d'hôpital blanche à pois bleus, qui se boutonne dans le dos. Ma chemise de nuit file dans un grand sac-poubelle, suivie de mes chaussons, *on y va*, elle pousse mon brancard dans une toute petite pièce encombrée d'appareils médicaux. *À tout à l'heure*, lance-t-elle, et elle s'en va, tirant le rideau derrière elle. Pourquoi me laisse-t-elle là, dans combien de temps va-t-elle revenir ? Je voudrais appeler, mais il n'y a pas de sonnette, il faut que je me lève, impossible, la tête me tourne, la nausée me monte aux lèvres, je suis malade, pourquoi personne ne vient me soigner ?

J'ai dû m'assoupir. Ces temps-ci, je m'endors n'importe où, n'importe quand, ça me fait du bien, mais durant mon sommeil, rien n'a changé. Le thé n'est toujours pas arrivé, personne ne s'est soucié de savoir si j'avais envie d'aller aux toilettes, les appareils médicaux montent autour de moi leur garde menaçante, la pièce est vide, plus aucun bruit dans le couloir, où sont-ils tous partis, quelle heure est-il ? À mon poignet, toujours pas de montre, à mon annulaire gauche pas d'alliance, pourtant je suis certaine d'être mariée, mon époux s'appelle Charles. On s'est rencontrés voilà soixante ans, il me semble que c'était hier, ma sœur Marguerite m'avait entraînée au bal des pompiers, pour le 14-Juillet. Moi, ça ne me disait pas grand-chose, mais elle a insisté, allons viens, tu ne vas tout de même pas finir bonne sœur. Elle se trompait, c'est ça que je voulais être, religieuse, parce qu'à l'orphelinat, j'avais appris à connaître le Christ, celui que les youpins ont tué, c'est le père Jalu qui m'a tout expliqué. Il a commencé par le début, il y a deux mille ans, un enfant est né dans une grotte à Bethléem et ensuite tout y est passé. Marie, Joseph, l'âne et le bœuf, les Rois mages, cela ressemblait à un conte de fées sauf qu'à la fin, Jésus était mis en croix, et que c'était notre faute, à nous, les juifs, c'est nous qui l'avions abandonné, pire, dénoncé, alors qu'il était descendu sur Terre pour sauver le monde.

Ainsi, ce que Marcel m'avait dit, ce vendredi soir, autour de la table de fête, était vrai. Nous faisions partie du peuple déicide, comme disait le curé. Déicide, c'était un mot que je ne connaissais pas, mais je n'avais aucun mal à le comprendre. Heureusement, à l'orphelinat, personne ne savait que j'étais youpine, et je me suis bien gardée d'en parler. Bien au contraire, j'ai accompagné toutes mes camarades à la chapelle, dès le premier dimanche, et ça a été un éblouissement pour moi quand j'ai entendu pour la première fois le Salve Regina. Aujourd'hui encore, cela prouve bien que je ne perds pas la mémoire, je peux le chanter a cappella, *Salve Regina mater misericordiae, Vita, dulcedo et spes nostra… Vous chantez bien, madame, je vais vous faire une prise de sang et prendre vos constantes*, dit la femme en blouse blanche. Elle semble gentille, mais je ne vois pas de quoi elle parle, j'ai douze ans, je m'appelle Hélène Simon, et je suis pensionnaire dans un orphelinat au bord de la mer, parce que mes parents ne peuvent plus prendre soin de moi. Le matin, nous nous réveillons très tôt, 6 heures, je crois, le soleil est à peine levé, nous nous dirigeons vers la salle de bains, nous aspergeons notre visage et nos bras d'une eau glacée, nous nous brossons les dents avec du savon, il n'y a plus de dentifrice depuis longtemps, et ensuite nous allons nous habiller, avant de faire nos lits, draps au carré, et de nous rendre à la chapelle pour la messe du matin. Un jour, c'est le père Jalu qui me l'a dit, je pourrai faire comme toutes mes camarades et aller communier, le corps du Christ me sanctifiera, mais avant, il faut que je me prépare au baptême. N'est-ce pas mademoiselle, il faut que je me prépare ? *D'accord, madame, ne bougez pas, je vais vous faire un garrot, je ne trouve pas votre veine.*

Aïe. Elle me fait mal. Elle me serre, elle me pince, il faut qu'elle me lâche, d'où vient-elle, qu'est-ce qu'elle veut, pourquoi est-ce que je suis là ? Je veux qu'elle me lâche, je déteste qu'on pose les mains sur moi, je la repousse, brusquement, *allons, madame, calmez-vous*, non je ne me calmerai pas, elle me fait peur, elle veut enfoncer une aiguille dans mon bras, qu'est-ce qu'elle veut m'injecter, quel produit, quel poison, je ne me laisserai pas faire, au secours, je la repousse, à nouveau, puis comme elle me saisit le bras, je griffe violemment sa main, jusqu'à en faire perler le sang. C'est à son tour de crier *Aïe* et de battre en retraite, je l'entends dans le couloir qui parle à ses collègues, *la vieille dame du box 12 m'a griffée, va désinfecter ça, je prends le relais, d'accord mais fais attention elle est folle.* Folle, moi ? Voilà que ça recommence, d'accord, je n'aurais pas dû la blesser mais c'est elle qui a commencé, je lui avais dit de me laisser tranquille, et puis maintenant ça suffit, j'en ai assez, je veux sortir d'ici, et vite. *Elle ne va pas bien, le médecin du SAMU suspecte un œdème pulmonaire.* Les voix dans le couloir résonnent à nouveau, de qui parlent-elles, de moi ? *Il faut absolument lui faire un ECG.* C'est bizarre ils ont l'air inquiets, pourtant, je ne vais pas mourir, puisque après le baptême on a droit à la vie éternelle… Voilà pourquoi là-bas, à l'orphelinat, toutes les filles étaient si sereines. La guerre faisait toujours rage, les villes étaient bombardées, Caen, Lisieux, Paris, et toutes les autres, la nourriture était toujours rationnée, les youpins étaient toujours pourchassés, enfermés, et, nous le saurions plus tard, gazés. Mais chez nous, tout allait bien, même si nous ne mangions pas tous les jours à notre faim. Rutabagas et pommes de terre, pain noir et margarine, nous sortions de table l'estomac creux mais la prière nous le faisait oublier. Les unes à côté des autres, nous égrenions des chapelets d'Ave Maria, j'en connaissais les paroles par cœur maintenant, et celles du Notre Père aussi, et nous gagnions, ainsi, le paradis auquel les chrétiens ont droit. Mieux valait décidément être chrétien que youpin, voilà ce que je me jurais de dire à ma mère, et à tous mes frères et sœurs, quand je rentrerais chez moi.

J'ai imaginé cent fois la scène. La table parée de la nappe blanche, les plats de fête trônant en son milieu, ma mère, mes frères et sœurs assis les uns à côté des autres, et mon père, revenu, m'écoutant leur parler des Évangiles. Quelques phrases seulement et ils seraient séduits, ils recevraient ensuite sur leur front l'eau du baptême, nous serions la même famille, mais une autre, la France deviendrait notre vraie patrie, celle des fidèles réunis dans les églises pour prier. C'est moi qui emmènerais mes frères et sœurs à Notre-Dame, et durant notre visite, je leur expliquerais le sens de chaque rituel. C'est bien, ma fille, tu as de bons projets pour l'avenir, me disait le père Jalu quand je lui racontais tout cela, le Christ Notre Seigneur te permettra, j'en suis certain, de les réaliser, et c'est bien ce que j'ai fait.

Une main qui tire le rideau. Une silhouette en blouse blanche qui entre dans la pièce, celle d'un jeune homme très brun, à la chevelure drue, au visage mangé de barbe. Je le reconnais, bien sûr, mais comment a-t-il pu arriver jusqu'ici ? La dernière fois que je l'ai vu, nous fêtions ses vingt ans, sur la terrasse de notre maison. Il faisait un temps magnifique, j'avais mis le couvert dehors, ils sont tous arrivés les uns après les autres, mon aînée et son fils Édouard, ma petite-fille Victoire, ma cadette et son ancien mari et bien sûr le héros de la fête, mon petit-fils Guillaume. Guillaume, comment vas-tu, est-ce que tu te rappelles le jour de tes vingt ans ? Pour l'occasion, j'avais préparé une grande choucroute, c'est le plat préféré de mon mari, une choucroute en juillet, maman tu exagères, a dit mon aînée, mais ça ne l'a pas empêchée de manger. Le repas a été très gai, même si je me suis un peu énervée quand Charles s'est mis à prendre des photos, c'est une marotte, pour lui, il était déjà comme ça quand on s'est rencontrés. Dès qu'il a pu s'acheter un appareil, il l'a fait, et il s'est mis à tout mitrailler, chaque sourire de mon aînée, chaque repas de fête, les Noëls, les anniversaires, puis, plus tard, les fleurs qu'on m'offrait, celles du jardin, les pièces de la maison, les bibelots, les plats que je cuisinais, les tables de fête, et j'en oublie. Il s'était aménagé une pièce, au sous-sol, où s'entassaient les cartons de diapositives et, plus tard, les bobines de film super-8, quand il s'est offert une caméra. Je n'ai rien contre les passe-temps, mais à la longue, c'est devenu agaçant, on aurait dit qu'il ne voyait le monde qu'à travers son objectif, c'est ce que je lui ai dit le jour des vingt ans de Guillaume, et j'ai ajouté : est-ce que tu ne pourrais pas m'aider un peu pour une fois ? Il n'empêche, ça a été une belle fête, pour le dessert j'avais commandé une pièce montée. Guillaume, est-ce que tu te souviens qu'ensuite, tout le monde a plongé à tour de rôle dans la piscine, et que nous avons passé un long moment à nous éclabousser ? *Madame, allongez-vous, s'il vous plaît, je dois vous examiner.* Allons bon tu ne vas pas t'y mettre toi aussi, qu'est-ce que tu fais, pourquoi est-ce que tu poses un appareil autour de mon bras ? *Madame, s'il vous plaît, ne bougez pas,* ça serre, c'est insupportable, enlève-moi ça, je suis ta grand-mère, tu dois m'obéir, arrête de n'en faire qu'à ta tête.

L'interne

Ça va être compliqué, avec la dame du box 12. Elle n'accepte aucun soin et elle est violente. J'espère que ses filles vont pouvoir la raisonner. Sinon, il va falloir la sédater et l'attacher.

Chapitre 6

13 heures

Guillaume est parti. Il était de mauvaise humeur, parce que je lui ai donné une gifle pour qu'il enlève l'appareil de mon bras. Ça l'a surpris, mais moi, ça m'a soulagée. Bien sûr, je suis un peu triste qu'il m'ait abandonnée, mais franchement, je crois que j'ai bien fait. Les enfants, il faut les éduquer, sinon, ils tournent mal, c'est ce que mon père disait toujours. Il ne se privait pas de nous frapper quand il le jugeait bon, pourtant aucun de nous ne lui en a jamais voulu, même pas Maurice. À l'orphelinat, les religieuses n'étaient pas toujours très douces, elles non plus, mais c'était pour notre bien. Si sœur Clotilde n'avait pas été aussi stricte avec moi, jamais je n'aurais appris à coudre et à tricoter, parce que franchement, je n'aimais pas ça. C'est à coups de punitions qu'elle m'a enseigné les petits plis, les nids-d'abeilles, le gansé, sans oublier le point de riz, le point de blé, et les torsades. J'avais un cahier à la couverture bordeaux, sur les pages de gauche, je collais mes échantillons sur celles de droite, j'écrivais les instructions d'une plume appliquée. Un jour, disait la religieuse, tout cela te servira, tu verras. Elle avait raison. Avant d'accoucher de mon aînée, j'ai confectionné un trousseau complet de brassières, chaussons et bonnets. J'avais choisi de la laine bleue, parce que ce serait un garçon. Charles et moi nous avions décidé de l'appeler Philippe, comme son meilleur ami, celui avec qui il a fait de la Résistance.

Mais c'est une fille qui est née, après qu'on m'a transportée à l'hôpital, le soir de mon anniversaire. Quand l'ambulance est venue me chercher, rue Félix-Terrier, il restait encore sur la table un gros morceau de mon gâteau et, juste à côté, les bougies que je venais de souffler. Je saignais toujours, mais j'étais joyeuse. J'entendais, dans ma tête, la musique de *Limelight*, le film que nous étions allés voir, Charles et moi, une semaine plus tôt, un bel accompagnement pour la naissance, qui n'allait plus tarder. Ma mère m'a recouverte d'une couverture, parce qu'il gelait dehors, dépêchez-vous, dépêchez-vous, a dit le capitaine des pompiers, vingt minutes de plus et j'étais à la maternité où elle est arrivée, si petite, les lèvres et les ongles bleus, le souffle court, elle ne vivra pas, m'a dit l'infirmière qui me la tendait. Je n'ai pas réalisé tout de suite, j'étais encore sous l'effet de l'anesthésie, finalement on m'avait ouvert le ventre pour nous sauver toutes les deux. Je l'ai regardée un petit moment, elle ne ressemblait en rien au garçon que j'attendais. Est-ce que j'allais pouvoir l'aimer ce nourrisson chétif, qui grimaçait au lieu de pleurer ? Je n'en savais rien, j'étais trop fatiguée, j'ai demandé qu'on l'emmène et j'ai dit à l'infirmière que je ne voulais pas l'allaiter.

Le lendemain, Charles a pris une photo de nous deux. J'étais couchée sur mon lit d'hôpital et je la tenais contre moi, enveloppée dans la couverture que j'avais tricotée. Je dois aller la déclarer, a-t-il dit, comment on va l'appeler ? Nous n'avions pas choisi de prénom de fille, et aucun ne m'est venu à l'esprit. Ma mère a proposé Élisabeth, a continué Charles. Élisabeth, je trouvais ça plutôt joli, puis c'était à la mode, j'ai dit pourquoi pas. Après, toute la famille est arrivée, maman, mes frères et sœurs, ils avaient apporté des cadeaux, de la layette, des jouets, l'oncle Élie tenait dans ses bras un petit cheval de bois, si j'avais su, a-t-il dit, j'aurais acheté une poupée mais si tu veux je peux changer. J'ai réfléchi un moment puis j'ai répondu : non, ce n'est pas la peine, je vais le garder, le prochain, ce sera un garçon, et on l'appellera Philippe.

J'ai mis un long moment à me remettre. Quand je suis enfin sortie de la clinique, nous avons décidé de faire baptiser Élisabeth très vite parce que sinon, si elle mourait, son âme se perdrait dans les limbes. Le père Jalu, venu de Bretagne pour l'occasion, a versé de l'eau sur son front dans une église sombre et froide. Nous étions peu nombreux, une poignée à peine, à l'écouter vagir faiblement, elle ne criait pas, elle n'avait pas assez de souffle. Après, pendant le déjeuner, la mère de Charles a proposé de prendre la petite chez elle, en Alsace. Elle saurait s'en occuper, elle était si délicate, si fragile, elle ne buvait pas de lait, il fallait la nourrir à toutes petites doses de babeurre, et veiller à ce qu'elle ne pleure pas, pour ne pas s'épuiser. J'ai très vite accepté. De toute façon, je ne pouvais pas m'occuper d'elle, je devais travailler, nous avions acheté un terrain, à quelques kilomètres de Paris, pour y faire construire une maison, comment, alors, se passer de mon salaire ? C'est comme ça que j'ai laissé mon aînée à ma bellemère. Le jour où elles sont parties, j'ai pleuré un bon coup, console-toi, a dit Charles, elle va bien prendre soin d'elle, et nous, on va pouvoir rembourser nos dettes.

J'ai faim. À la maison de retraite, le déjeuner a sans doute été servi. Rosie a dû me garder ma place, elle va être déçue. J'espère qu'elle va manger un peu, parce que quand je ne suis pas là pour l'encourager, elle se referme sur elle-même, et refuse les plats qu'on lui propose. Pourquoi je mangerais, dit-elle, je ne veux plus vivre, si c'est pour être enfermée ici, avec les fous. D'une certaine façon, elle a raison, mais moi, je pense qu'il faut toujours garder espoir. Et puis même là-bas la vie nous réserve des moments agréables. Quand il fait beau, nous sommes autorisés à sortir dans un petit parc, et à nous asseoir sur des bancs au soleil. Le dimanche, nous avons un croissant pour le petit déjeuner. La télévision allumée en continu dans le salon diffuse parfois un programme intéressant. Puis il y a l'heure du goûter, c'est à ce moment-là que Simone vient me voir. Bonjour, me dit-elle, je suis votre aide de vie, vous vous souvenez de moi ? Ce sont vos filles qui m'envoient. Elles m'ont demandé de vous apporter des gâteaux et des fruits. Aujourd'hui, je vous ai apporté des éclairs au chocolat et quelques pêches. Vous voulez que j'aille vous chercher un thé à la machine ?

Le thé est servi dans un gobelet en carton, et il a un drôle de goût. Mais je le savoure tout de même, en croquant un éclair. Pendant que je mange, Simone fait le tour de ma chambre, met mon linge sale dans un sac, déballe le linge propre, je vous l'ai parfumé, dit-elle. Ensuite, une fois la dernière bouchée avalée, elle s'occupe de moi, je vais couper vos ongles, laissez-moi brosser vos cheveux, je vais vous maquiller un peu, allez, on va changer votre pull, il est trop chaud. Tout ça me fait plaisir, évidemment, mais je ne comprends pas pourquoi Charles ne me rend pas visite. Il est fatigué, me dit-elle, il est resté à l'hôpital longtemps, et il a du mal à bouger. Il va se remettre, ce n'est qu'une question de jours. Mais peut-être qu'elle ment, peut-être qu'il est parti, peut-être qu'il m'a oubliée, peut-être qu'il est mort ? Mais non, rassurez-vous, murmure Simone, tout va bien. Allez, on va vous faire les ongles. Elle a acheté un beau vernis pourpre, quand elle a fini de le poser, mes mains ressemblent à celles d'une jeune femme. Dommage que je n'aie pas de bague, ça serait encore mieux, les bijoux, ça vous habille, à l'annulaire j'aurais glissé mon alliance en diamant, au majeur l'émeraude rapportée du Brésil, un beau voyage que nous avons fait avec Charles, à l'autre main un rubis ou une aigue-marine. Où sont mes bijoux, est-ce que Simone peut les retrouver et me les rapporter ? Ici, c'est interdit, vous ne pourriez pas les porter, puis vous risqueriez de vous les faire voler. De toute façon, vous êtes belle comme ça. Elle me tend un petit miroir, face à moi, il y a une vieille femme toute ridée, impossible, ce n'est pas moi, je ne comprends pas ce qui m'est arrivé, hier encore, j'étais si jolie, teint de pêche, lèvres vermeilles, grands yeux ombrés de longs cils. Je tire la peau de mes joues à deux mains, voilà, c'est mieux, il faut que je fasse faire un lifting, je retrouverai mon visage d'avant, aujourd'hui, la chirurgie esthétique fait des miracles. C'est une bonne idée, dit Simone, on en reparlera demain. Elle prend congé, et je l'ai à peine saluée que le rideau de mon box s'entrouvre de nouveau. J'espère que c'est le repas qui arrive.

Bonjour, je suis le docteur Lacour. C'est dommage, l'homme qui entre a les mains vides, pas de plateau-repas, pas de gâteau, pas même un verre d'eau, heureusement que je viens de prendre mon goûter, j'ai encore le goût de l'éclair au chocolat dans la bouche. Mais s'il ne m'apporte pas à manger, qu'est-ce qu'il me veut ? *Je vais vous poser quelques questions.* Des questions ? Quelles questions ? Mes mains se mettent à trembler. Est-ce qu'il va me demander si je suis youpine ? Parce que les youpins, on les rassemble, on les fait monter dans des autobus, on les emmène dans des camps, on les gaze, on les réduit en cendres et après, tout ce qui reste d'eux, c'est quelques photos, et le souvenir. Être youpin, en fait, ce n'est ni une race, ni une religion, juste une malédiction – celle-là même à laquelle mes frères et sœurs et moi avons décidé de mettre fin.

Après la guerre, nous nous sommes retrouvés un vendredi soir, rue Félix-Terrier. Même l'oncle Élie était là. Maman avait mis une nappe blanche, et sorti sa belle vaisselle. Mais cette fois, elle n'avait pas posé le chandelier sur la table. Et si tout était resté à l'identique, le chien de bronze sur la vieille commode, le fauteuil en cuir patiné par l'usure, la petite bibliothèque chargée de livres, *Notre-Dame de Paris*, *Les Pardaillan*, *Les Misérables*, quatre convives manquaient à notre dîner : mon père, mon frère Marcel, sa femme Esther et leur fille de six ans, Gisèle. Ces trois derniers avaient été arrêtés, eux aussi, alors qu'ils faisaient une promenade, pour permettre à la petite de respirer un peu.

Maman a pleuré de joie, parce que nous étions là, et de tristesse parce qu'ils étaient absents. Nous aussi, nous avons versé quelques larmes. Reviendraient-ils un jour ? Ils sont tous morts, c'est sûr, a dit Roger. Tais-toi, a répondu maman, tu vas nous porter malheur. Nous allons les attendre encore, tout n'est pas fini, peut-être qu'ils sont juste bloqués quelque part, à l'Est, le courrier ne marche pas, comment savoir. Roger a haussé les épaules, et a eu une moue éloquente, et c'est à ce moment-là que j'ai pris la parole. J'espère qu'ils vont revenir, mais s'ils sont morts, c'est parce que nous sommes des youpins, enfin étions, parce que moi, maintenant, je suis baptisée. Les youpins ont toujours été persécutés, parce qu'ils ont tué le Christ. À partir d'aujourd'hui, nous devons faire en sorte que plus personne, jamais, ne connaisse nos origines.

Hélène, comment est-ce que tu peux dire ça ? L'oncle Élie était furieux. Il s'est levé, le visage très rouge, et a pointé un doigt dans ma direction. Nous sommes juifs depuis des générations, a-t-il crié. Notre grand-père Meyer était rabbin à Varsovie, où nous respections nos traditions. Yankel et moi, nous avons fait notre bar-mitsva, nous nous sommes mariés à la synagogue, et nous avons fait circoncire nos fils. Après ce qui lui est arrivé, j'ai envoyé ma fille Fanny dans une institution catholique, pour la protéger des nazis. Quand elle est revenue, elle avait été baptisée et avait fait sa communion. Elle m'a montré sa photo en aube blanche, les mains jointes sur un chapelet, et m'a dit qu'elle voulait rester catholique, mais je lui ai répondu « tu es née juive, tu resteras juive ». Et c'est ce que vous allez tous faire. Sinon, notre famille sera à jamais coupée en deux. Ce n'est pas ce que ton père aurait voulu, Hélène.

Les mots ont flotté longtemps dans l'air trop chaud de la pièce. Au mur, Marcel et Esther nous souriaient, serrés l'un contre l'autre le jour de leur mariage. À côté d'eux, dans un autre cadre, leur fillette serrait tendrement une poupée, celle-là même qu'elle tenait contre elle, quand la police française l'a arrêtée. Derrière Gisèle, l'enveloppant de ses bras, mon père, le vrai, pas le père Jalu, nous regardait, plissant les yeux dans une grimace familière. J'ai montré leurs photos à mes frères et sœurs. Élie avait tort. Nous devions nous protéger. Aujourd'hui et à jamais. En m'entendant prononcer ces mots, ma mère a mis sa tête entre ses mains, et l'oncle Élie a quitté la pièce. Nous avons entendu la porte d'entrée claquer, et le bruit de ses pas qui dévalaient l'escalier. Alors, les uns après les autres, Roger, Maurice, Régine, Suzanne, Marguerite, Michel et moi, nous avons fait le serment que plus personne, jamais, ne saurait que nous avions été juifs. C'est comme ça que le mensonge a commencé. Mentir, c'est un péché, m'avait toujours dit le père Jalu, mais là nous mentions pour notre bien à tous.

Le docteur Lacour est parti. Je n'aurais pas dû me faire de souci parce que, pour finir, il m'a juste demandé comment je me sentais, et si j'avais du mal à respirer. Je lui ai dit que je n'allais pas très fort, mais que c'était normal, parce que j'avais faim. *Nous allons vous donner quelque chose mais d'abord, il faut que vous laissiez l'infirmière vous faire une prise de sang et un électrocardiogramme*, a-t-il répondu. Ensuite, il s'est penché sur moi, et il a posé son stéthoscope sur ma poitrine. Il était si près que j'ai respiré son odeur, tabac et eau de Cologne mêlés, ça sentait bon, alors je l'ai laissé faire même si je n'aime pas trop que les hommes me touchent. Il m'a auscultée longtemps, soigneusement, un endroit après l'autre, le cœur, le poumon droit, le poumon gauche, inspirez, expirez, arrêtez de respirer. Je lui ai obéi mais passées quelques secondes je me suis mise à tousser, et j'ai senti que j'allais avoir besoin de cracher, alors je l'ai repoussé de la main, et j'ai attrapé un bout de ma chemise d'hôpital en guise de mouchoir. Le crachat était sanglant, *c'est la première fois que ça vous arrive ?* a-t-il demandé. Oui, c'était la première fois, mais d'un coup je n'étais pas rassurée, parce qu'à l'orphelinat, ma meilleure amie, Louisiane, a failli mourir de la tuberculose, et que ça avait commencé comme ça.

C'était quelques mois après mon arrivée. Je commençais tout juste à apprendre la couture, et je peinais sur les points difficiles, enfiler l'aiguille, ça allait, j'avais de bons yeux, après ça devenait très compliqué, il fallait piquer, ressortir au bon endroit, aller d'avant en arrière, changer de fil, mes points étaient toujours trop longs ou trop courts, mes bâtis incomplets, les boutons se décousaient. Lousiane me regardait faire, sans rien dire, puis un jour elle s'est approchée et, à voix basse, m'a donné quelques conseils. Pique plus loin, tire ton aiguille, attention n'emmêle pas le fil, ressort, tire doucement, ne t'énerve pas, c'est comme ça que nous sommes devenues amies, entre bobines de fil et ciseaux dentelés. Elle toussait, l'hiver est froid, disait le père Jalu, mais souvent, son front était brûlant de fièvre, et il n'y avait rien pour la soigner. Je suis malade, m'a-t-elle confié, mais il ne faut pas le dire, parce que j'ai peur d'être renvoyée, et je n'ai nulle part où aller. Je n'ai pas osé lui demander si elle était youpine, comme moi, j'ai juste dit : et tes parents ? Ma mère est morte, et mon père m'a fait ça. Elle a relevé sa manche, et j'ai vu la peau de son bras couturée de cicatrices. Un jour, a-t-elle dit, il s'est énervé après moi et il m'a lancé une casserole d'eau bouillante à la tête, heureusement, j'ai eu le réflexe de me protéger. Après elle s'est de nouveau mise à tousser et j'ai vu qu'elle crachait du sang. Docteur Lacour, est-ce que j'ai la tuberculose, comme mon amie Louisiane ? Il a fallu qu'elle quitte l'orphelinat, elle est à l'hôpital, on ne sait pas si elle va guérir. Le docteur Lacour s'est redressé, *non madame, vous n'avez pas la tuberculose. Je vous envoie l'infirmière, cette fois, laissez-vous faire.*

Pas un bruit. Pas même un claquement de porte. Personne n'est venu. Peut-être que personne ne viendra. Peut-être qu'il n'y a plus personne dans l'hôpital. Peut-être que je suis seule au monde, comme dans l'un de ces films de science-fiction que mes petits-fils regardaient parfois. La terre était dévastée, des hordes de zombies erraient dans les villes, la mer était noire comme du goudron, le soleil si pâle qu'on peinait à le distinguer. Ça les fascinait, comme les fascinaient leurs jeux vidéo, ces consoles que j'achetais à Noël, contre l'avis de mon aînée. Maman, ces trucs sont débiles, ils perdent leur temps, tu ferais mieux de leur offrir des livres. Mais moi je sais bien que ce n'étaient pas des livres qu'ils voulaient, et je les interrogeais discrètement pour savoir quels jeux leur feraient plaisir. Ensuite, j'allais à Carrefour ou à Mammouth, et je les rapportais par paquets, quatre pour trois, disait la publicité. Je les mettrais sous l'arbre, empaquetés dans un joli papier doré, au matin du 25 décembre, mais avant, il fallait tout préparer, et cela me prenait des semaines. Cette année, je suis en retard, il faut que je me dépêche, sinon je ne vais pas y arriver. Je devrais me lever. Je devrais m'en aller. Mais où aller, dans cette chemise d'hôpital et sans chaussures ? J'aurais dû apporter mes vêtements, je n'ai pas été prévoyante. La directrice de la maison de retraite m'a dit : ne vous inquiétez pas, vous allez juste faire l'aller et retour. Tu parles d'un aller et retour, voilà des heures que je suis là. Ce n'est pas grave, je vais tout de même aller faire mes courses, personne ne fera attention à moi, et je suis certaine que je n'attraperai pas froid. Une deux trois, je me redresse, je pose les pieds au sol, je marche jusqu'au rideau, je le tire, un clin d'œil à droite, un clin d'œil à gauche, le couloir est vide, je franchis les portes battantes, me voilà dehors. Juste devant l'entrée de l'hôpital, Charles m'attend au volant de ma Clio rouge. Ça me fait plaisir de le retrouver, il a l'air en forme, il pose un baiser sur ma joue, avant de démarrer, direction le grand centre commercial de Montesson. Là-bas, nous trouverons un bel arbre, avec des racines, nous voulons pouvoir le replanter dans notre jardin, après la fête, et des victuailles en quantité. Je connais déjà mon menu, il est immuable, d'année en année, saumon et foie gras, chapon et chou rouge aux châtaignes, bûche glacée, le tout arrosé d'un bon vin rouge et de champagne. Nous y voilà, Charles gare la voiture, nous avons de la chance, quelqu'un est parti sous notre nez, il me tend une pièce pour que j'aille chercher un Caddie, je suis heureuse, le magasin immense m'ouvre ses portes, partout des guirlandes et des bougies, des rayons croulant sous les chocolats et les marrons glacés, une abondance de victuailles, j'ai de l'argent, pas besoin de compter, je vais peut-être prendre un peu de caviar en plus, et des gambas. Là, sur les rayons, des fruits, oranges, clémentines, bananes, ananas, mangues et litchis, il y a même des cerises, je ne peux pas résister, j'en prends une et je la porte à ma bouche, un vrai bonheur.

Chapitre 7

14 heures

Un deux trois, nous irons au bois. Quatre cinq six, cueillir des cerises. Je chante, pour passer le temps. Je chante, pour tromper ma faim. Je chante, malgré mes lèvres sèches. J'ai soif, même s'il n'y a pas de thé, je boirai juste de l'eau, une eau fraîche, douce à ma bouche. Depuis combien de temps est-ce que je suis là ? Une heure ? Deux heures ? Trois ? Quoi qu'il en soit le box m'enferme toujours, le brancard sur lequel je suis allongée n'a pas bougé, les néons du plafond sont toujours allumés. À ma droite, une table nue. À ma gauche, un mur grisâtre sans fenêtre. Du couloir arrivent quelques bruits, murmures de voix, pas feutrés, tout semble assourdi, mon aînée dirait une fois de plus : maman, c'est normal, tu n'as pas tes appareils.

Ça a été toute une histoire, ces appareils, à chaque fois qu'elle venait, elle me disait que j'étais sourde, mais elle a une toute petite voix, et elle ne fait aucun effort pour détacher ses mots, quand je pense qu'elle a été avocate. À la fin elle s'est énervée, et elle m'a pris rendez-vous chez l'ORL. Au jour dit, Charles et moi nous y sommes allés, pour l'occasion, j'avais mis un joli tailleur et mon manteau de cuir, celui que je viens d'acheter. Nous étions en avance, alors nous avons fait un tour en ville, je suis rentrée dans la bijouterie pour dire bonjour à mon amie Cécile, c'est la patronne, elle me reçoit comme une reine et me fait toujours des prix. Ce jour-là, elle m'a proposé un joli collier, or et grenats, elle m'a dit qu'elle me faisait vingt pour cent de remise, c'était une affaire exceptionnelle, alors je me suis laissé tenter, et Charles n'a pas protesté, il aurait été mal venu, de toute façon, il venait de s'offrir une belle caméra.

Acheter ce bijou m'a remonté le moral, mais je n'avais aucune envie d'aller chez le médecin, en vérité, je n'étais pas plus sourde qu'une autre. Puisqu'on a rendez-vous, on y va, a dit Charles, alors nous avons poussé la porte du cabinet et nous nous sommes installés dans la salle d'attente, cinq minutes plus tard, et il nous faisait entrer dans son bureau, l'avantage avec cet ORL c'est qu'il est toujours ponctuel. Qu'est-ce qui vous arrive ? m'a-t-il demandé. Ma fille dit que je suis sourde, mais ce n'est pas vrai, on va voir, je vais faire un test. Il m'a mis un casque sur les oreilles, et il m'a demandé de lever la main quand j'entendrais un son. Oreille gauche, oreille droite, il a enlevé le casque, ensuite il a fait des calculs sur son ordinateur et il a conclu : madame, vous avez une baisse d'audition de près de soixante pour cent, il faut vous appareiller.

Je n'ai pas essayé de discuter. Je sais qu'avec les médecins, ce n'est pas la peine, ils ne reconnaissent jamais leurs torts. Charles l'a payé, quatre-vingts euros la consultation, ce n'était pas donné, et ensuite nous sommes repartis avec l'ordonnance. La semaine suivante, nous sommes allés commander les appareils, maintenant qu'ils t'ont été prescrits tu peux bien essayer, disait ma fille, mais, une fois qu'ils m'ont été livrés, je les ai très vite égarés et pour dire toute la vérité, ça m'a arrangée. Peut-être je suis sourde. Mais le coton de la surdité, c'est doux et confortable. D'ailleurs, à quoi ça sert d'entendre ? À la radio il n'y a que des mauvaises nouvelles, épidémies, famines, guerres, à la télévision les programmes m'ennuient, mon aînée passe son temps à me faire des reproches, et Charles me raconte toujours la même chose, des histoires de résistance et de guerre.

C'est bizarre. Au début de notre mariage, il m'en a à peine parlé, et plus du tout par la suite. Nous faisions des projets d'avenir, nous discutions des filles, de l'affaire que nous avions prise, une belle brasserie aux couleurs de l'Alsace, des aménagements de la maison, des vacances que nous allions nous offrir, de notre santé, des problèmes que nous causait notre aînée, de la boutique de vêtements de notre cadette, elle avait bien réussi, même si ce n'était pas gagné. Les années passant, nos échanges se sont espacés. Charles s'est retiré dans son bureau, avec ses projecteurs, ses caméras, ses magnétoscopes, ses appareils photo et les étagères portant des boîtes de diapositives et de films. Il y en avait des dizaines, posées là, il passait son temps à les regarder et à les classer, notant soigneusement sur un cahier les personnages, le lieu et l'année. Sorti de là, il n'ouvrait la bouche que pour dire des banalités, bonjour, bonsoir, tu veux encore un peu de soupe, passe-moi le pain, qu'est-ce qu'on va faire pour le déjeuner ? Il faudrait retourner faire des courses, le jardinier viendra jeudi, il n'est pas libre avant, du coup, je vais planter les tulipes, je vais nettoyer la piscine, on va bientôt pouvoir la mettre en route. Et puis, alors qu'il venait de fêter ses quatre-vingts ans, allez savoir pourquoi, il s'est mis à évoquer sa jeunesse. À quinze ans, mon copain Philippe et moi on a décidé de combattre les Allemands. On a commencé par tracer des croix de Lorraine au charbon, dans les rues de Mulhouse. Ils les effaçaient, on les redessinait, ça a duré un bon moment, jusqu'à ce qu'une patrouille de police nous surprenne. Ils nous ont emmenés au poste, et là, on a eu de la chance, parce qu'un des flics connaissait bien ma mère. Du coup, ils nous ont engueulés un bon coup, et ils nous ont relâchés. On avait eu peur, mais on n'a pas voulu en rester là. On s'est mis à voler du pain, pour aller le porter aux prisonniers russes qui étaient dans un stade, on leur jetait les miches par-dessus le grillage. On faisait ça tous les midis et, le soir, j'allais récupérer les revolvers que les Allemands laissaient aux vestiaires, lorsqu'ils allaient dans les boîtes de nuit. J'ai réussi à en dérober une dizaine, et je les ai entreposés dans notre cave.

Mais tu sais, Hélène, on était encore des gosses. Les armes, on ne savait pas quoi en faire. On a imaginé tuer un boche dans la rue, oui a dit Philippe, mais si on se fait prendre, on sera fusillés. Et même si on se fait pas prendre, ils tueront des otages français pour se venger… Du coup, les armes sont restées là où elles étaient plusieurs jours, jusqu'à ce que ma mère descende chercher une bouteille d'huile, et qu'elle tombe dessus.

Tu la connais. C'était une maîtresse femme, qui n'avait pas peur de grand-chose, mais là, quand même, elle s'est affolée et elle est allée voir le maire du village. « Monsieur le maire, mon fils a ramené des revolvers allemands chez nous, qu'est-ce que je dois faire ? » La phrase était surréaliste, mais le maire n'a pas bronché. « Envoyez-moi votre fils, lui a-t-il dit, je vais le sermonner. » Mais au lieu de ça, il m'a demandé de lui apporter les revolvers pour le réseau de résistance qu'il dirigeait, et c'est comme ça que tout a vraiment commencé, Hélène tu m'écoutes ?

Charles hausse le ton, pour garder mon attention, mais un homme en blouse blanche, un de plus, entre dans mon box et interrompt son monologue. *Madame, bonjour, je suis infirmier, je m'appelle Frédéric, c'est moi qui vais m'occuper de vous.* Frédéric, mon mari est en train de me parler de la guerre, est-ce que vous pourriez ressortir, le temps que nous terminions notre conversation ? Et quand vous reviendrez, vous serait-il possible de m'apporter le thé que je vous ai commandé ? *Je vais d'abord prendre votre tension, d'accord ? Laissez-moi poser l'appareil, ça ne fait pas mal, je vous assure. Madame ? Madame ? Ne bougez pas comme ça, sinon je ne vais pas y arriver.*

Finalement, Frédéric est parti fâché. Pourtant, je n'ai pas été méchante, je me suis juste un peu débattue, je sais que je n'aurais pas dû mais c'est plus fort que moi, je ne supporte pas qu'on me touche. Il faut dire que juste avant que je rentre rue Félix-Terrier, le père Jalu m'a mise en garde, Hélène, tu es jolie, fais attention aux hommes, ne les laisse pas t'approcher, ils ne veulent qu'une seule chose, tu sais quoi. Je n'ai pas bien compris ce qu'il voulait dire, mais j'ai pensé que ça devait avoir quelque chose à voir avec les bébés : ma mère se plaignait toujours de mon père, elle disait, à chaque fois qu'il m'approche, je tombe enceinte. Pour en avoir le cœur net, j'ai décidé d'en parler à Louisiane pendant notre sortie hebdomadaire. Nous nous promenions entre lande et mer, une quarantaine de gamines vêtues d'une jupe plissée bleu marine, d'un corsage blanc et d'une pèlerine assortie. Sœur Clotilde était devant, sœur Véronique fermait la marche. Louisiane et moi avancions côte à côte, gênées par nos gros godillots, les miens étaient un peu grands, les siens trop petits, mais nous ne nous plaignions pas, au contraire, parce que la souffrance sanctifie. Nous approchions de la mer, l'air était plus iodé, le vent plus fort, les genêts se faisaient plus rares, la terre plus sableuse, une mouette est passée au-dessus de nos têtes, je me suis lancée. Louisiane, est-ce que tu sais pourquoi les hommes ne doivent pas nous approcher ? Louisiane a eu un petit rire embarrassé, ta mère ne te l'a pas dit ? Non, ma mère ne m'avait rien dit, elle m'avait juste prévenue qu'un jour, quand je serais grande, du sang coulerait tous les mois entre mes jambes, et que ça serait normal. Le sang vient d'un trou, en bas, a dit Louisiane, et les hommes veulent mettre leur truc dedans. Pour commencer ils t'embrassent, ils te caressent gentiment, et après, d'un coup, c'est trop tard, tu ne peux plus les arrêter. Louisiane avait l'air de savoir de quoi elle parlait, je lui ai demandé si quelqu'un l'avait déjà fait avec elle, et elle m'a répondu, oui, mon père, et elle s'est mise à pleurer. Je l'ai consolée comme j'ai pu, et je lui ai dit merci de m'avoir expliqué, tu vois, tout à l'heure, j'ai bien fait de repousser Frédéric, il m'a dit qu'il était infirmier et qu'il voulait prendre ma tension, mais en réalité, il voulait sans doute me faire ça aussi. Sûrement, a dit Louisiane. Et elle a ajouté, avec tristesse : Hélène, ne fais jamais confiance à aucun homme.

J'ai retenu la leçon. Laisser les garçons vous approcher, c'était dangereux. Voilà ce que j'ai essayé d'expliquer à ma sœur Marguerite, quand je suis rentrée rue Félix-Terrier, mais elle m'a ri au nez. Tout ça, c'est des histoires de curé, m'a-t-elle dit, c'est agréable de flirter. D'ailleurs, j'ai un ami, il s'appelle Jean, si tu veux, je te le présenterai la semaine prochaine, on ira danser, c'est le 14 juillet. J'ai hésité jusqu'au dernier moment, mais finalement, je me suis décidée à sortir avec Marguerite, parce que le 14 juillet, c'est la fête nationale et qu'à l'orphelinat, nous la célébrions avec ferveur. Petits fanions tricolores accrochés dans le réfectoire, repas plus consistant, veillée passée à chanter en chœur, on terminait par *La Marseillaise*, le père Jalu était le premier à se lever quand nous l'entonnions. Il aurait été content d'être avec nous sur les Champs-Élysées ce jour-là, au milieu d'une foule en liesse venue regarder le défilé, le général de Gaulle était en tête, j'ai applaudi très fort, et j'ai chanté, avec les autres, *En passant par la Lorraine*. Sous l'Arc de Triomphe, un immense drapeau français flottait, l'air était doux, nous nous sommes promenés longtemps avant d'aller pique-niquer au jardin des Tuileries, Charles nous a rejoints. Je te présente Charles, a dit Jean, il travaille avec moi comme serveur au Café de la Paix, et il est seul à Paris, sa famille est restée en Alsace.

C'est comme ça que nous nous sommes rencontrés, tu te souviens, Charles ? Tiens, te voilà assis près de mon lit, tu es enfin venu, qu'est-ce qui t'a décidé, après tout ce temps ? Tu n'as pas changé, tu sais. Tu es toujours aussi grand, aussi beau, tes yeux sont toujours aussi bleus. C'est ce qui m'avait séduite, ce regard acier et aussi tes belles mains, des mains de pianiste. Comment es-tu venu ? En taxi ? Ou bien avec la Clio ? Tu auras sans doute trouvé les clefs, tu vas me ramener chez nous, il fait beau, nous pourrons déjeuner sur la terrasse, parce que tu sais, j'ai drôlement faim, ici, personne ne s'occupe de moi, c'est à désespérer. Est-ce qu'on y va, maintenant ? Tu m'aideras à marcher, parce que quand même, j'ai beau faire la fière, j'ai de nouveau du mal à respirer. Avant notre départ, peut-être que je devrais voir le médecin, tu ne veux pas aller en appeler un ? Merci, Charles. Reviens vite avec lui. Je vous attends.

Mes filles viennent d'arriver, l'aînée et la cadette, Élisabeth et Lucie. Je leur dis que tu viens de sortir, je leur demande si elles t'ont croisé, mais elles ne me répondent pas, elles se regardent juste, avec une drôle d'expression. Ce n'est pas grave, après tout, elles ont dû te rater. Ce qui est plus ennuyeux, c'est qu'elles n'ont pas l'air en forme. Élisabeth a une petite mine, j'espère qu'elle n'est pas malade, avec son cœur, on ne sait jamais. Lucie pleure, elle doit avoir des soucis d'argent, les boutiques, en ce moment, c'est difficile. Ça ne m'arrive pas souvent mais d'un coup, face à elles, une onde de bonheur m'envahit. Oh mes enfants, qu'est-ce que je suis contente de vous voir ! Je leur souris, je leur tends les bras, Lucie s'approche et m'embrasse, Élisabeth me serre contre elle, son étreinte est douce et chaude, que se passe-t-il ? Jamais elle ne s'est montrée aussi affectueuse, bien au contraire, elle fuyait mon contact, pas un baiser, ni un geste de tendresse, et ce reproche perpétuel dans les yeux, tu m'as abandonnée parce que j'étais malade.

C'est vrai, ma fille, que là-bas, en Alsace, tu as grandi sans moi. Après ton départ, ça a été comme si nous n'avions pas eu d'enfant. J'ai rangé la poussette et le berceau, ils encombraient, rue Félix-Terrier, nous y habitions toujours en attendant que notre maison soit construite et nous avons repris notre vie, Charles et moi. La semaine, nous travaillions, le dimanche, nous nous rendions sur le chantier pour surveiller l'avancée des travaux. Nous avions décidé de faire construire une bâtisse surélevée, parce que nous avions acheté un terrain inondable, c'était moins cher, mais la Marne était tout près, et nous ne voulions pas être surpris par une crue. Les murs montaient doucement, il y en avait pour un moment avant que ça soit terminé, mais nous faisions des économies pour rembourser notre crédit le plus vite possible. Toutes les semaines, ma belle-mère nous écrivait pour nous donner des nouvelles. Elle disait : Élisabeth m'a souri, elle a fait sa nuit pour la première fois, elle respire mieux, elle mange des purées de carottes et de la compote de pommes, elle se tient assise sur sa chaise haute, ses cheveux poussent, elle sera blonde et bouclée, ses yeux sont clairs, pas bleus mais verts, je lui ai tricoté un manteau, pour l'hiver, elle attrape les jouets que je lui tends, elle babille, elle marche à quatre pattes, bientôt elle se tiendra debout, pourtant elle n'a pas un an. Charles traduisait, sa mère ne parle pas le français, elle est née allemande et n'est jamais allée à l'école puis, surtout, elle n'a jamais fait l'effort d'apprendre notre langue. *Ich bin Elsasser*, je suis alsacienne, disait-elle, *ech ret nix anders*, je ne parle rien d'autre, c'était commode pour ne pas m'adresser la parole. Pour fêter le premier anniversaire d'Élisabeth, elle nous a envoyé une photo, la petite avait le visage levé vers elle, les yeux pleins d'adoration. Je l'ai longtemps regardée, puis j'ai dit : Charles, il faut que nous y allions, sinon, elle va croire que c'est elle, sa mère.

Nous sommes partis avec la Vespa qu'il venait d'acheter à crédit. Nous avions une longue route à faire, heureusement il faisait beau. Une heure plus tard, Paris était déjà bien loin derrière nous. Le vent m'enveloppait, j'enserrais Charles de mes bras, la campagne, autour de nous, resplendissait. C'était il y a longtemps, c'est comme si c'était hier. Hier ? Non. C'est maintenant. La Vespa roule à petite vitesse, elle a du mal dans les côtes, mais je suis heureuse. Depuis combien de temps est-ce que je n'ai pas vu ces champs de blé immenses, ces forêts verdoyantes, ces petits villages enroulés autour de leurs églises ? J'en oublie l'hôpital, et ses odeurs de désinfectant, la maison de retraite, et ma chambre minuscule, je suis de nouveau jeune, mes bras ne sont plus ridés, mon poignet porte mon bracelet d'or, mon annulaire ma bague de fiançailles et mon alliance, j'ai toute la vie devant moi. À midi, nous ferons une pause, j'ai préparé un pique-nique que nous dégusterons dans un champ. Sandwiches aux rillettes et au fromage, œufs durs, et en dessert, un gâteau marbré que j'ai passé l'après-midi d'hier à préparer. On va se régaler, après, s'il ne fait pas trop froid, nous ferons une petite sieste.

Chapitre 8

15 heures

Nous faisons étape à Troyes où Charles nous a réservé une chambre d'hôtel. Quelques heures et nous y sommes, je n'ai pas vu passer le temps, serrée contre le dos de mon mari, grisée par la douceur de l'air. C'est bon d'avoir les cheveux au vent, de regarder le soleil se coucher sur un vallon, de s'arrêter, enfin, devant l'établissement choisi. L'hôtelier nous attend, il me salue comme une dame, monte notre valise jusqu'au troisième étage, nous voilà dans notre chambre. Elle est minuscule, le papier peint aligne de vilains bouquets de fleurs, le matelas est dur, mais qu'importe, au dîner, nous nous régalons d'une andouillette accompagnée de pommes vapeur. Moi qui ai tellement faim, je goûte chaque bouchée de mon plat, chaque bouchée de mon dessert, une tarte aux pommes à la pâte croustillante, Charles a pris une crème caramel, je lui en vole une cuillère, je finis mon verre de vin, la tête me tourne mais je suis heureuse. Le matin nous voit de nouveau sur la Vespa, il fait si beau, l'air est si doux, ce voyage prend des allures d'escapade, de celles que nous ne faisons jamais pour ne pas dépenser d'argent, plus tard, nous nous le sommes juré, nous irons sur la Côte d'Azur, Nice, Cannes, Menton, je ne connais pas la France, seulement le coin de Bretagne où j'ai passé quelques années. Nous visiterons chaque ville, nous ferons le tour de chaque village, nous nous promènerons dans la garrigue, nous cueillerons des fruits aux arbres. Là-bas, sur notre route, il y a des pommiers, je voudrais bien m'arrêter, mais Charles est pressé. Il faut y aller, dit-il, ma mère nous attend, elle se couche tôt. Nous filons, mais je garde les yeux grands ouverts, pour me souvenir de chaque paysage.

Il fait nuit quand nous nous garons devant la maison. Les volets sont clos, il faut un petit moment avant que la porte s'ouvre. *Es ist spät*, dit ma belle-mère, avant de fondre en larmes, et d'enlacer tendrement son fils. *Erwin, du bist da, ich bin so glucklich.* Bonjour Hélène, me lance-t-elle ensuite, avant de me tendre une joue sèche, *Kommen sie herein*. À l'intérieur, ça sent l'encaustique et la soupe, elle a dressé la table dans la cuisine, et nous invite à nous asseoir. Moi, je ne veux pas manger, je veux te voir, Élisabeth, mais tu dors déjà, et elle ne veut pas te réveiller. Elle m'autorise tout de même à aller dans ta chambre, *sei leise*, dit-elle, je lui obéis, est-ce que j'ai le choix, et j'avance à pas de loup jusqu'à ton berceau. Il fait sombre mais je distingue ton visage rond auréolé de cheveux bouclés qui dépasse de la couverture. Je me penche vers toi et je murmure : demain, on fera connaissance, demain, tu sauras que je suis ta mère. Hélène, dit ma belle-mère, *komm sie raus, ich will schlaffen*.

Cette nuit-là, j'ai du mal à m'endormir, malgré la fatigue, la rue Félix-Terrier me manque. Notre chambre est petite et inconfortable, un lit étroit, une armoire de chêne, deux lampes de chevet aux abat-jour usés. Devant la fenêtre, les branches d'un immense sapin battent au vent. Aucune photo sur les murs, seulement un crucifix qui me rappelle à mes prières. Notre Père qui êtes aux cieux, que votre nom soit sanctifié, je murmure les mots, les mains jointes, les yeux fermés, les paroles du Pater noster m'apaisent, je vais les prononcer à plusieurs reprises et j'arriverai à me rendormir, mais là-bas, à l'autre bout du couloir, Élisabeth se met à pleurer et je me redresse. N'y va pas, dit Charles, ma mère va s'en occuper, elle a l'habitude. Dors, nous avons fait une longue route. Tu crois ? Je devrais y aller. Non, elle le prendrait mal. Que votre volonté soit faite, sur la terre comme au ciel, délivrez-nous du mal, je suis en colère, mais la prière m'apaise, et je m'endors.

Le lendemain, Élisabeth, tu t'es réveillée tôt, tu étais déjà nourrie et habillée quand j'ai ouvert les yeux. Assise dans ta chaise haute, tu me regardais d'un air intrigué, de qui tenais-tu ces yeux verts, de ma mère ? Mais non, elle ressemble à la mienne, a observé Charles. Vrai ou faux, ces deux-là formaient un duo parfait, à chaque caresse répondait un sourire, à chaque chanson un gazouillement, à chaque cuillerée de nourriture un merci de la main, mémé, disais-tu, c'est le seul mot que je t'ai entendue prononcer. Elle t'a enfilé ton manteau de laine et a coiffé ta tête d'un bonnet avant que nous sortions faire une promenade, tu étais trop chaudement habillée à mon goût, mais ma belle-mère m'a rabrouée, enfin Hélène, elle est fragile, elle pourrait s'enrhumer. J'ai tout de même eu le privilège de pousser ton landau jusqu'à la petite église jouxtant le cimetière, c'est là qu'elle allait, tous les jours, pour fleurir la tombe de ses parents et de son mari. Pendant qu'elle déposait ses bouquets, je suis entrée dans l'église, et j'ai allumé un cierge, ça sentait l'encens et l'encaustique, je me suis signée à l'eau bénite, quand je suis ressortie, tu t'étais endormie, il nous restait à aller rendre visite aux morts de la famille qui reposaient sous leurs dalles de granite noir, j'ai lu leurs noms et leurs prénoms, leurs dates de naissance et de décès, les lettres et les chiffres qui les composaient étaient parfaites, mon père n'a pas eu ces honneurs, il ne reste plus rien de lui, que le ciel, pour nous recueillir, et ce certificat de décès, que nous avons fini par recevoir, longtemps après la guerre. Hélène, tu viens, il faut partir, nous allons être en retard pour le repas, a dit Charles, qui s'ennuyait à mourir devant les tombes.

12 h 30, pas 31, c'est l'heure du déjeuner. Je te tends la marguerite que j'ai cueillie au jardin et tu grimaces, tu recraches la bouillie que je glisse dans ta bouche, tu jettes au loin le hochet que j'agite devant tes mains. Tu refuses que je te prenne dans mes bras pour te sortir de ta chaise. L'après-midi, après ta sieste, tu m'ignores ou tu t'écartes. Ça ira mieux demain, dit Charles, elle va s'habituer à toi, mais les jours suivants, c'est de pire en pire, ne te mets pas martel en tête, c'est un bébé, elle sera moins sauvage quand on reviendra, conclut-il. Ma belle-mère, elle, a cessé de me faire la conversation, de toute façon nous ne nous comprenons pas. Elle

cuisine pour son fils, lapin en sauce et nouilles fraîches, choucroute garnie et munster, tarte aux pommes garnie de crème pâtissière, il se régale, je n'avale rien. À la fin de notre séjour, nous nous asseyons sur le canapé recouvert de tissu rêche, et nous installons Élisabeth entre nous deux. Au moment où le cliché est pris, elle hurle de terreur, la photo sera ratée, ce n'est pas grave, lance ma belle-mère, ça vous fera quand même un souvenir. Quand nous remontons sur la Vespa, elle vient nous dire au revoir de son perron, et pour la première fois, blottie contre elle, ma fille me fait un signe de la main, un adieu qui signe sa joie de nous voir enfin débarrasser le plancher.

Maman? Élisabeth m'appelle. Comment est-ce possible? Je viens de monter sur la Vespa pour prendre la route, elle était dans les bras de ma belle-mère, et la voilà devant moi, devenue femme, et même femme mûre. Son visage commence déjà à se défaire, ses cheveux grisonnent, sa taille est toujours fine, mais son dos est voûté, *Maman*, répète-t-elle, oui, j'ai compris, tu veux quelque chose, mais demande-le-moi en français, parce que chez ta grand-mère, tu n'as parlé qu'alsacien pendant cinq ans. *Maman, ne recommence pas avec ça, il y a longtemps que je ne parle plus le patois, même pas avec papa. Allez, s'il te plaît, sois gentille, il faut que tu laisses l'infirmière faire ton électrocardiogramme.* Ah c'est vrai, je suis à l'hôpital, ils m'ont rattrapée et ramenée dans le box, sans doute m'ont-ils fait prendre des drogues parce que je ne me rappelle pas comment ils m'ont retrouvée. Un électrocardiogramme, est-ce que ça fait mal ? *Non maman, c'est indolore, c'est promis, et il n'y en a que pour quelques minutes.* Si ça ne fait pas mal, après tout, pourquoi pas, je ne vais pas contrarier mes filles, j'ai trop peur qu'elles partent, alors je fais oui de la tête, et elles poussent un soupir de soulagement. *Je vais chercher l'infirmière,* dit Lucie, *je reviens tout de suite.*

Elle est sortie. Charles n'est pas revenu. Ma mère n'est pas arrivée, est-ce qu'on l'a même prévenue que j'étais malade ? Et Victoire, ma petite-fille, pourquoi est-ce qu'elle n'est pas à mon chevet ? Je l'ai laissée chez moi, avec Guillaume et Édouard, ils faisaient la ronde, main dans la main, et chantaient ensemble, un deux trois nous irons au bois, quatre cinq six cueillir des cerises, ils m'ont dit après, on ira dans le jardin, l'eau de la piscine est chaude. Ils devraient être là, à présent. Leur est-il arrivé malheur ? Et ma maison, au fait, est-ce qu'elle est encore debout ? Quand je suis rentrée de l'orphelinat, après la guerre, j'ai vu tant de bâtisses en ruine, j'imagine la mienne à demi détruite, murs calcinés, meubles éventrés, jardin saccagé, et les larmes montent à mes yeux. Je dois les contenir, je dois être courageuse, c'est ce que m'a dit ma mère, quand je l'ai quittée pour suivre le père Jalu, mais c'est plus fort que moi. *Maman, pourquoi tu pleures ?* demande Élisabeth. Pourquoi je pleure ? D'un coup, la colère m'envahit, comment ose-t-elle demander ça ? Je pleure parce que mon père est monté dans l'autobus, que Marcel, Esther et leur petite fille l'ont suivi, parce que je suis restée seule, à l'orphelinat, parce qu'on m'a privée de ma maison, de mon jardin et de mes roses. Et mes sanglots redoublent quand je me souviens qu'elle, ma propre fille, m'a toujours rejetée. Pourtant, Élisabeth, je t'ai soignée, veillée, je t'ai même sauvé la vie, quand j'ai trouvé un chirurgien qui a bien voulu t'opérer, alors qu'à l'époque, ça ne se faisait pas. Tu devrais m'entourer de tes bras, me dire que tu m'aimes, me consoler, au lieu de soupirer et de détourner la tête.

Bonjour madame, je suis Sophie, je vais faire votre examen, je vais vous enlever votre chemise d'hôpital. Les larmes coulent toujours sur mes joues, *laissez*, disent mes filles, *on va le faire*. La chemise glisse, un bras, puis l'autre. C'est bizarre, d'habitude c'est moi qui les habille tous les matins, avant l'école, elles ont une garde-robe bien garnie, je choisis leurs vêtements avec soin, de vraies petites filles modèles en jupes plissées et chemisiers à col Claudine. L'été, elles portent des robes à smocks et des sandales, l'hiver, je leur tricote des pulls en regardant la télévision, nous sommes les premiers à avoir acheté un poste, j'en suis tellement fière, il n'y a qu'une chaîne en noir et blanc mais ça suffit, de toute façon, je suis attentive à mon ouvrage, le jacquard ça n'est pas facile. En parlant de pull, j'aimerais bien qu'on m'en donne un, j'ai froid, la fenêtre doit être ouverte, je vais me lever pour aller la fermer, *maman tiens-toi tranquille, il n'y en a pas pour longtemps*, c'est vrai, je ne suis pas chez moi, je suis aux urgences, on me fait un électrocardiogramme pour voir si tout va bien, ce n'est pas grave, ce n'est pas douloureux, c'est juste la routine. Sophie pose sur ma poitrine des rondelles de plastique gluantes avant d'y fixer des pointes d'acier reliées par des câbles à une machine. *Ne bougez pas, ne respirez pas*, elle est drôle, elle, j'en ai assez, ce n'est pas commode de ne pas bouger et de ne pas respirer, surtout quand on est allongée sur un brancard inconfortable, enfin j'obéis, après tout, ça ira plus vite, puis la main de Lucie, doucement, caresse mes cheveux.

Un clic. La machine ronronne, un long ruban de papier semé de dessins étranges apparaît, des courbes, des pics, des stries, *voilà, c'est bientôt fini, je vais donner votre examen au médecin*. Sophie arrache la bande de papier et la pose sur l'appareil, elle enlève les rondelles de plastique réparties sur ma poitrine, ça fait pop pop pop. Voilà qu'elle sort, bande de papier en main, c'est dégoûtant, elle ne m'a même pas essuyé le torse, je me sens sale, puis je suis toute nue, alors je ramène ma chemise de nuit sur moi, je me nettoierai plus tard, quand je pourrai prendre une douche. Mes filles se sont un peu écartées, elles parlent entre elles, elles s'imaginent que je ne les entends pas mais je ne suis pas complètement sourde quand même. *L'infirmière a fait une drôle de tête*, dit Élisabeth à Lucie, *tu crois qu'il y a quelque chose qui ne va pas ?* Lucie soupire, *je ne sais pas, on va attendre, il faut qu'on emmène maman aux toilettes, il faut changer sa couche.*

Des couches, quelle honte. Mais depuis quelque temps, à la maison de retraite, on me force à en porter. Au début, j'ai protesté, parce que je trouvais ça indigne. Je ne suis pas si vieille, j'ai encore toutes mes facultés, je ne vois pas pour quelle raison on m'empêche d'aller aux toilettes comme tout le monde. Mais un jour, je me suis oubliée, c'était la grosse commission, j'étais toute gênée, et les aides-soignantes en ont profité. Allons, madame Morin, enfilez ça, vous n'aurez pas à bouger, juste à vous laisser aller, on vous changera quand il le faudra, vous verrez, ça sera plus confortable pour tout le monde. Le problème, c'est qu'elles ignorent mes appels quand mes couches sont sales, et que moi, je n'arrive pas à les enlever toute seule. Bien sûr, je vais m'asseoir sur les toilettes, mais après, je ne sais plus quoi faire, alors je tire sur le plastique, je l'arrache, morceau par morceau, ça finit par venir, mais il y en a partout, et parfois, une substance brune se colle à mes doigts, c'est mou, comme de la pâte à modeler et ça sent très mauvais, alors je m'essuie les mains sur les murs, pour essayer de me nettoyer. Quand elles arrivent enfin dans ma chambre, les aides-soignantes crient mais regardez ce que vous avez fait, c'est dégoûtant, franchement, vous auriez dû nous appeler. Ce n'est pas sa faute, elle en est à un stade où elle commence à ne plus reconnaître les choses, tempère l'infirmière, quand elles se plaignent, je sais c'est difficile pour vous, mais c'est la maladie qui progresse.

Est-ce qu'elle a raison ? Je voudrais ne pas y croire, mais il m'arrive des choses bizarres, tout de même. L'autre jour, au réfectoire, j'ai trouvé des instruments en acier à côté de mon assiette, je ne savais plus ce que c'était, il a fallu que Rosie me dise, mais voyons, c'est ton couteau et ta fourchette, et encore, quand je les ai eus en main, je ne savais plus trop comment m'en servir. Quand je m'habille, je me demande dans quel ordre il faut mettre les vêtements, le pull d'abord, le chemisier ensuite, ou l'inverse, quelle est la chaussette droite, quelle est la gauche, pareil pour mes chaussures. Et hier matin, enfin, je crois que c'était hier matin, j'ai utilisé mon dentifrice pour me laver le visage. J'ai eu du mal à l'étaler, et ça a séché, alors je me suis dit que c'était sans doute un masque pour la peau, mais l'aide-soignante s'est moquée de moi. Madame Morin, mais qu'est-ce que vous avez encore fabriqué ! Bien sûr, ce ne sont que de menus incidents de la vie quotidienne, mais j'aimerais bien que ça rentre dans l'ordre, parce que ça me vexe. Il faudrait que Charles me ramène chez la neurologue, peut-être que depuis ma dernière visite, ils ont inventé un traitement contre ma maladie, et que je pourrais en bénéficier. De toute façon, je n'ai pas le choix, je dois absolument me rétablir. Ma sœur Suzanne, celle qui était avec moi dans le train pour l'orphelinat, a eu Alzheimer elle aussi, et à la fin, elle nous a tous mis en danger, parce qu'elle a dit à ses infirmières qu'elle était juive. Je ne veux pas que cela m'échappe, à moi aussi, je dois garder le silence, taire notre secret, sinon, ils vont revenir nous chercher. Parce que rien n'est fini, comme ils le prétendent. Bien sûr, les Allemands ont demandé pardon, et les Français aussi, enfin, certains. Mais je suis sûre qu'au fond d'eux, ils n'ont pas changé. À n'importe quel moment, tout peut resurgir, et on pourra m'insulter de nouveau, sale youpine, sale youpine, même si Roger a enfoui dans un grand carton le chandelier et le portrait de notre grand-père, celui qui était rabbin et portait la barbe et la kippa, et qu'il a ajouté la Ketouba de nos parents et les livres de prières de notre père. Est-ce qu'il a bien jeté tout ça à la décharge, comme je le lui avais demandé, est-ce qu'il a brûlé nos étoiles jaunes, ou bien est-ce qu'elles sont encore là-bas, rue Félix-Terrier ? Si c'est le cas il faut que je retourne les chercher, sinon les policiers vont emmener ma mère. D'un coup, je sens une incroyable énergie parcourir mon corps et je me redresse, je dois partir, je dois y aller, *mais maman qu'est-ce qui te prend, reste couchée*, mes filles me retiennent, qu'elles me lâchent, il faut que j'y aille, je ne veux pas que maman monte dans l'autobus, *elle délire, appelle l'infirmière*, dit Élisabeth à Lucie. *Maman, reste tranquille, je suis là, voilà, c'est ça, recouche-toi.*

Chapitre 9

16 heures

Façades de briques rousses, petits balcons où sèche du linge, escaliers aux marches étroites, j'ai reconnu l'immeuble tout de suite. L'appartement est resté le même, lui aussi, meubles vieillots, tableaux naïfs aux murs, cuisine encombrée d'ustensiles, chien de bronze couché sur le buffet, et maman aux fourneaux. Ma fille tu es là, dit-elle, assieds-toi, je vais te faire du café, est-ce que tu veux du gâteau au fromage, je viens de le faire, il est tout frais, j'ai mis des raisins, comme tu aimes. Je suis contente de la voir, mais je lui en veux un peu, elle m'a laissée seule à l'hôpital, alors que j'attendais sa visite. *Nou*, dit-elle, tu sais bien que j'ai du mal à marcher, elle me montre ses jambes semées de grosses veines bleues, et ses chevilles enflées, maman tu devrais aller consulter.

Allons, pour quoi faire, ma maladie, c'est d'être vieille, pas comme toi, tu respires la jeunesse, c'est bon de te retrouver. Un coup d'œil au petit miroir accroché au mur, elle a raison, mes cheveux tombent aux épaules en boucles drues, de la même couleur, exactement, que ceux d'Élisabeth, elle aura au moins hérité ça de moi, mon visage est rond et ferme, mes yeux bien maquillés, ma bouche d'un joli rose, assortie à mes pommettes. Hélène, bois ton café. Maman pousse la tasse vers moi, je la porte à mes lèvres, il est chaud, bien sucré, le gâteau fond dans la bouche, pour un peu, j'en oublierais pourquoi j'ai fui l'hôpital pour venir ici, mais d'un coup, tout me revient. Le chandelier, les livres de prières, le portrait du grand-père, les étoiles jaunes, est-ce qu'ils sont encore là ? Je file dans la chambre. Rien sous le lit, rien dans l'armoire, rien au-dessus de l'armoire, rien dans l'autre pièce non plus, ni dans le placard de l'entrée. Roger m'a obéi, il a emporté le carton et il l'a jeté, maman, tu es sauvée, je suis tellement contente, je vais pouvoir rentrer chez moi tranquille.

Une minute encore près d'elle, une dernière bouchée de gâteau, un baiser, un au revoir et je file, Élisabeth m'attend. Elle n'a que cinq ans mais je la laisse souvent seule, elle ne peut pas bouger de toute façon parce qu'elle respire mal. Alors elle lit pendant des heures, c'est moi qui lui ai appris, elle est vive, intelligente, puis volontaire aussi, quand elle regarde par la fenêtre et qu'elle voit les enfants passer elle dit : moi aussi un jour j'aurai un cartable et je le balancerai. Dommage qu'elle soit si butée, et qu'elle demande, jour après jour, quand sa grand-mère va venir la rechercher, à croire qu'elle ne va jamais s'habituer. Me voilà au métro, j'arrive à la maison, le bouquet de roses que j'ai posé sur la table du salon est magnifique, les fleurs se sont ouvertes, leurs tons de blanc et de rose se marient à merveille. Élisabeth est là, assise comme d'habitude sur le canapé, elle lève les yeux de son livre. J'ai terminé *Les Malheurs de Sophie*, dit-elle, est-ce que nous pourrions aller à la bibliothèque pour que je choisisse autre chose ? Elle ne me dit jamais bonjour, elle ne m'appelle jamais maman, elle s'écarte au moment où je vais poser un baiser sur sa joue, c'est si difficile d'être rejetée ainsi par son unique enfant, enfin unique, pas pour longtemps, je caresse mon ventre gonflé du plat de la main, cette fois, je suis certaine que c'est un garçon. Alors on peut aller à la bibliothèque ? insiste Élisabeth, non, pas aujourd'hui, nous déjeunons au Café de la Paix avec ton père, il nous a réservé les meilleures places, nous serons assises à côté de la vitre, juste en face de l'Opéra, tu verras, c'est magnifique.

Pour l'occasion, je sors nos habits du dimanche, robe rose, chaussettes blanches, souliers vernis et manteau gris pour elle, tailleur et chapeau à la Jackie Kennedy, c'est la mode, et ça me donne, à moi aussi, des allures de première dame. Le restaurant nous attend, salles lumineuses et tables dressées de blanc, argenterie et vaisselle de fête, odeurs de parfum et de nourriture, un monde fou, Charles va et vient, tout affairé, dans son costume noir et sa chemise blanche. Asseyez-vous, nous dit-il, choisissez ce que vous voulez, c'est la direction qui vous l'offre. Tournedos Rossini ou sole meunière, saumons grillés ou bouquet de crevettes, Élisabeth mangera ce qu'elle veut, une fois n'est pas coutume, après le repas, nous avons rendez-vous à l'hôpital, pour fixer la date de son opération. Elle n'a qu'une chance sur deux, c'est une intervention toute nouvelle, elle sera l'une des premières, un cobaye alors, a dit ma belle-mère, c'est un peu vrai, mais c'est la seule chose à faire, sinon, elle ne survivra pas.

Maman, ne t'agite pas, on attend les résultats de l'examen, ça ne va pas être long. Élisabeth est là, à côté de moi, elle a gardé sa voix d'enfant, mais c'est une femme mûre, que s'est-il passé ? Je ne sais plus où je suis, ni quel jour on est, ça change tout le temps, la rue Félix-Terrier, le restaurant où je mangeais une sole meunière, l'hôpital où j'ai emmené Élisabeth, un vrai carrousel. À Noël, j'en disposais un dans mon entrée, il tournait gentiment, mes petits-fils adoraient ça, encore mamie, encore, disaient-ils, pendant des heures. Il me semble entendre sa musique, trois des chevaux étaient rouges, les autres dorés, j'espère que la boîte dans laquelle je l'ai rangé est toujours à sa place, dans le bas de l'armoire du sous-sol, à côté des santons de la crèche. Quand je serai chez moi je descendrai vérifier, il faut juste que je fasse attention, l'escalier est raide, Charles a fait poser une rampe en bois, je vais bien la tenir pour ne pas tomber, je risque de me casser une jambe, ça m'est déjà arrivé il n'y a pas si longtemps, chez Lucie, à Saint-Tropez.

Elle y a acheté une petite maison bâtie à flanc de colline, qui domine le golfe. Idéale, dit-elle, c'est vrai que la vue est belle, par temps clair on aperçoit la mer, et le jardin est fleuri de lauriers-roses. Mais c'est loin de tout, cinq kilomètres de virages pour y accéder, je n'aime pas quand ça tourne, j'ai toujours le cœur au bord des lèvres, puis l'escalier menant aux chambres est raide. Tout de même je me réjouissais de passer quelques jours chez elle, j'avais déjà fait tout un programme. Aller choisir quelques vêtements dans sa boutique, elle vend des choses ravissantes, partir ensuite pour la plage, un petit coin de paradis privé, où les chaises longues sont disposées tout près de la mer, déjeuner d'une salade et d'un verre de rosé, et prendre ensuite une glace pistache chocolat à la terrasse du Sénéquier, juste en face des bateaux. Ce sont souvent les mêmes d'année en année, des yachts rutilants aux ponts le plus souvent vides, à se demander si parfois quelqu'un en profite. Mon préféré est laqué de noir, un jour j'ai vu arriver son propriétaire, un petit homme presque chauve aux jambes courtes accompagné d'une grande blonde qui aurait pu être sa fille, tout de même, les hommes exagèrent, maman elle est adulte, elle doit savoir ce qu'elle fait, a dit Lucie, et puis on dit beau comme Crésus.

Cette fois-là, la fois où je me suis cassé la jambe, elle était venue me chercher à la gare. L'air était doux, le ciel d'un bleu très pur, on sentait que la mer n'était pas loin, une mer douce, docile, loin des tempêtes bretonnes. Dans la voiture Lucie me parlait mais je crois que j'ai fini par m'endormir, je m'étais levée tôt pour prendre le train, et quand j'ai rouvert les yeux nous étions garées devant chez elle. Allez, rentrons, j'ai hâte de me changer. Ma valise à la main, elle était lourde, mais je n'ai pas voulu qu'elle m'aide, j'ai traversé le salon, et j'ai grimpé les premières marches de l'escalier. C'est à ce moment-là que j'ai vu l'araignée posée sur le mur, qui semblait me narguer. Bien sûr j'aurais pu l'écraser du plat de la main, mais pour ça il aurait fallu que je pose ma valise, et, comme une imbécile, j'ai levé la jambe. Cinq secondes plus tard, j'étais par terre, sur le dos. Maman ça va? a crié Lucie. Non ça n'allait pas, l'araignée était toujours sur le mur et moi je ne pouvais plus m'asseoir.

Maman, qu'est-ce que tu fais, arrête de bouger, tu es aux urgences, le médecin demande qu'on te fasse une prise de sang. Lucie est penchée sur moi, l'air inquiet, mais pourquoi, tout va bien, il n'y a plus d'araignée sur le mur, je peux à nouveau bouger ma jambe, *maman tu n'as rien à la jambe*, ah oui, elle a raison, la jambe cassée c'était un autre jour, dans un autre hôpital, mais quand même j'aimerais bien savoir si elle a tué l'araignée, Lucie, est-ce que tu as réussi à l'écraser? *Maman mais de quoi est-ce que tu parles? Arrête un peu, laisse-toi soigner, ça devient pénible pour tout le monde.* Qu'est-ce qui lui prend, elle me tient fermement aux épaules, je ne peux plus me redresser, et puis je n'ai pas l'habitude qu'elle me parle sur ce ton. Voilà qu'elle se met à être autoritaire, comme sa sœur, alors qu'elles ne se sont jamais ressemblé, l'une blonde l'autre brune, l'une maigre l'autre plutôt ronde, l'une hardie, l'autre un peu timorée, l'une qui me déteste et l'autre qui m'aime, l'une qui est née malade et l'autre en bonne santé.

Elles m'immobilisent toutes les deux maintenant, à croire qu'elles se sont donné le mot, une dame en blouse blanche est assise tout près de mon brancard, si près que je peux sentir son haleine, dentifrice et tabac. Elle serre mon bras dans un épais caoutchouc, tâte mes veines avec précaution, en choisit une, la plus grosse, la plus bleue, je vois l'aiguille s'approcher, elle va l'enfoncer, mais qu'est-ce qu'elle fait, ce n'est pas moi qui suis malade, c'est Élisabeth, regardez comme elle est petite et maigre, six ans et quatorze kilos seulement. *Allons, madame, restez tranquille!* L'aiguille va rentrer dans ma veine, elle va me blesser, mon sang va couler, lâche-moi, lâche-moi, je ne veux pas, j'attrape la main de la femme en blanc, je la porte à ma bouche, je mords le plus fort possible et ensuite j'arrache le garrot, avant de la repousser si brutalement qu'elle tombe de sa chaise. Les filles protestent, elles l'aident à se relever, *désolées, notre mère n'a pas toute sa tête*, elles racontent n'importe quoi, comme d'habitude, depuis le temps j'ai fini par m'y habituer, bien sûr ça fait toujours un peu de mal, entendre ses propres enfants vous traiter de folle, mais j'ai eu ce que je voulais, on ne m'a pas piqué le bras, c'est l'essentiel. Le père Jalu me le disait toujours, il suffit d'un peu de caractère pour se tirer des situations difficiles, et chez toi, Hélène, le caractère, ce n'est pas ça qui manque. J'espère qu'on va me laisser tranquille, maintenant, tant pis si mes filles n'ont pas l'air contentes. Élisabeth a pris son air pincé, Lucie se frotte le front de sa main, elle a souvent des migraines, *maman, il faut te calmer*. Me calmer, moi ? Sûrement pas. D'ailleurs, j'en ai assez d'être à l'hôpital, dans cette chemise de nuit hideuse, alors qu'il y a longtemps que je devrais être au travail. Au travail, oui, parfaitement, je ne suis pas si vieille que ça, malgré ce que tout le monde raconte, mes employés m'attendent, il faut bien que je fasse tourner l'affaire, sans moi, comment est-ce que Charles y parviendrait ?

Il faut rendre à César ce qui appartient à César, c'est lui qui a eu l'idée de se mettre à son compte. Maître d'hôtel, ça ne rapportait pas assez, il fallait travailler le soir, le dimanche, les jours fériés, tout ça pour un patron qui ne lui en était même pas reconnaissant. Au lieu de trimer pour les autres, Charles voulait trimer pour lui et pour ça, il a demandé de l'aide à Philippe, son copain de résistance, celui qui avait un bon poste chez un brasseur alsacien. Si tu veux gagner beaucoup d'argent, il faut que tu deviennes restaurateur forain, a dit Philippe. La brasserie te fournira la mise de fonds, elle te procurera des emplacements dans les foires-expositions. Toi, tu nous rembourseras petit à petit sur tes bénéfices, et tu nous donneras l'exclusivité de la vente de bière. Charles est revenu triomphant de son entretien, il se voyait déjà riche mais moi, au début, l'idée ne m'a pas emballée. Restaurateur, oui, mais forain ? Le mot m'évoquait des odeurs de graillon et de barbe à papa, une place de la Nation bondée de badauds ébahis devant des attractions vulgaires. Et puis quitter mon emploi de comptable me faisait un peu peur, mon patron était gentil, quand Élisabeth était malade, il n'hésitait pas à me donner quelques jours de congé pour la soigner. D'ailleurs, si nous devions prendre la route pour aller de ville en ville, qui allait prendre soin des filles ? Elles sont grandes, maintenant, onze et six ans, nous les mettrons en internat, a dit Charles. Si tu veux réussir, il faut faire quelques sacrifices, et puis tu seras patronne.

C'est ça qui m'a décidée. Moi, l'ancienne youpine, on allait m'appeler Madame. Ce n'était pas de l'orgueil, je sais que c'est un péché capital, de ceux qui vous emmènent droit en enfer, mais plutôt un sentiment de revanche sur le passé. Être patronne, c'était faire partie d'une élite, ne plus ployer l'échine, ne plus dire s'il vous plaît, mais seulement merci, gagner de l'argent pour acheter une maison plus grande, celle où nous vivions me paraissait déjà vieillotte, avec ses pilotis ridicules. Voilà pourquoi j'ai accepté et que je me suis lancée à corps perdu dans la bataille. Pour commencer, nous avons acheté des chaises, des tables, le tout en bois verni, de la vaisselle bon marché, une batterie de cuisine, et de jolies nappes à carreaux rouges et blancs. Mon frère Roger nous a déniché un cuisinier, ma sœur Marguerite et trois de ses amies ont accepté de jouer les serveuses, Michel a été chargé de tirer la bière, et nous avons composé un menu tout simple, choucroute, jarret, charcuterie alsacienne et salade du vigneron en entrée, tartes aux pommes et aux prunes en dessert, le tout arrosé d'une chope ou d'un vin d'Alsace bien frais.

Nous avons ouvert notre premier stand au Salon agricole, je me souviens encore de l'odeur qui nous accueillait le matin à notre arrivée, on se serait cru dans une étable. À chaque fois que j'entrais, j'avais un mouvement de recul, qu'est-ce que je faisais là, dans ces relents de purin, à déambuler au milieu des vaches et des poules ? Est-ce que nous n'avions pas eu tort, est-ce que notre stand aux couleurs de l'Alsace allait attirer les clients, est-ce que cela allait nous rapporter autre chose que de la fatigue et des ennuis ? Je n'aurais pas dû me tracasser parce que ça a été une ruée, moi-même je n'en croyais pas mes yeux, les gens faisaient la queue pour manger, une vraie bousculade, de celles qui emportent tout sur son passage. Assise derrière ma caisse enregistreuse, je comptais les plats que les serveurs me présentaient, deux choucroutes, trois jarrets, quatre chopes, allez-y, au suivant, deux salades vigneronnes, une bouteille de blanc, trois cafés, on fermait à 7 heures et après il fallait encore faire les caisses, j'étais épuisée, mais la recette était bonne, je n'avais jamais vu autant d'argent de ma vie, j'étais riche, attention, a dit Charles, ça ne va peut-être pas durer. Il avait tort, plus les jours passaient, plus les clients se faisaient nombreux, cela semblait ne jamais vouloir s'arrêter, d'ailleurs, cela ne s'est jamais arrêté, parce que cinquante ans plus tard notre affaire tourne toujours, un chapiteau de mille places avec orchestre bavarois, c'est moi qui fais l'animation, je monte sur le podium, et je chante des chansons allemandes, à commencer par *Lili Marlene*, ma préférée, comment tu peux faire ça, me demande Élisabeth, toi qui as été juive.

Mais il ne restait plus rien, ni livres de prières, ni chandelier, ni étoiles jaunes, ni portrait du grand-père, et si nous nous réunissions toujours le vendredi soir pour manger la carpe farcie et le strudel, nous ne parlions jamais de ce qui était arrivé à notre père, il était mort, voilà tout, et morts aussi Marcel, l'aîné de mes frères et sœurs, sa femme Esther, et leur fille la petite Gisèle, de toute façon, chagrin ou pas, nous ne pouvions rien y faire. Maurice était marié à une couturière, il la détestait, et envisageait déjà de la quitter, il regrettait d'avoir été trop jeune pour faire la guerre. Marguerite venait d'accoucher de son premier enfant, une fille aux yeux de myosotis, qu'elle avait prénommée Marine, et vivait avec Jean dans un petit pavillon de banlieue. Roland, le mari de Suzanne, avait été promu, et grâce à ses relations, il avait obtenu un appartement HLM à Paris. Michel travaillait à son compte comme électricien, et la fille de Roger était née. Il l'avait appelée Viviane, comme la fée, et il m'avait demandé d'être sa marraine. Ça avait été une belle cérémonie.

Nous étions tous à l'église, serrés les uns contre les autres à regarder le prêtre officier, il était bien loin le temps où l'oncle Élie entrait en rage parce que mon père voulait nous faire visiter Notre-Dame. C'est moi qui ai tenu le bébé sur les fonts baptismaux, et j'avoue que j'ai pleuré quand j'ai entendu le prêtre prononcer la bénédiction qui la faisait entrer au sein de l'Église. En sortant de là, nous sommes allés déjeuner dans une guinguette, sur les bords de la Marne, et nous nous sommes régalés d'une grande marmite de moules à la crème arrosées d'un bon vin blanc. Nous étions heureux, une famille normale, en tout cas c'est ce que tous, nous voulions nous dire, même si nous avions reçu la lettre, frappée du cachet de la Croix-Rouge, qui annonçait sèchement le décès de notre père, de Marcel, d'Esther et de Gisèle à Auschwitz, le 15 juillet 1943. J'ai gardé le papier et, plus tard, l'acte de décès officiel, qui nous a été donné par la mairie. Je les ai glissés dans un sac, je l'ai fermé, comme on ferme une tombe, la seule qu'ils auraient jamais, et je l'ai caché au fond d'une armoire.

Chapitre 10

17 heures

J'ai élevé Élisabeth en catholique fervente. Ses jeunes années ont été rythmées par les offices religieux et les confessions. Elle croyait au Père, au Fils et au Saint-Esprit, au paradis et à l'enfer, et elle vénérait la Vierge Marie. Tous les soirs, elle disait un ou deux chapelets, et elle s'endormait sur ses prières. À onze ans, elle m'a confié qu'elle souhaitait devenir religieuse, parce qu'elle aspirait à une vie ascétique, au silence des cloîtres, à la simplicité des manières. Elle a fait sa première communion, puis sa communion solennelle, et à cette occasion, nous avons réuni toute la famille chez nous.

À 8 heures du matin, tout est déjà prêt. Sylvie, la femme de ménage, avait nettoyé la maison de fond en comble, vitres y compris. La table était mise, nappe d'un blanc immaculé brodée à la main par Lousiane, la marraine d'Élisabeth. Les mimosas d'un jaune vif piquetés de parme ressortaient joliment de feuilles vert tendre, couronnes de fils parfaitement alignées, il avait fallu des heures pour les confectionner. Au centre, des fleurs, des vraies, celles-là, étaient joliment disposées dans un vase de cristal, des roses blanches qui mettaient en valeur la vaisselle de porcelaine bordée d'un fil d'or. Les couverts d'argent étaient portés par de frétillants chiens de chasse, les verres en cristal. Un décor parfait, illuminé des premiers rais d'un soleil naissant. Tout à l'heure, on livrerait le saumon fumé et ses toasts, le filet de bœuf rôti et ses pommes dauphine, la salade, les fromages et bien sûr la pièce montée. En rentrant de l'église, nous n'aurions qu'à passer à table.

Je me souviens encore de la cérémonie, simple, mais émouvante. Les communiantes remontant l'allée de l'église, en aubes blanches, un cierge à la main. Le visage sérieux d'Élisabeth, sa ferveur, sa piété. Les chants et les chœurs, le sermon du prêtre, l'odeur de l'encens, la lumière des cierges. Quand nous sommes sortis de là, j'étais au bord des larmes, et remplie de fierté. La suite a été à la hauteur de mes espérances. Un déjeuner parfait, le café servi dans le jardin, à l'ombre du grand cerisier. Et la photo.

Au centre, Élisabeth, en aube blanche, chapelet de bois à la ceinture. Autour d'elle, la famille réunie dans son entier. Charles, en costume bleu marine et chemise blanche et moi, moulée dans un élégant tailleur crème. Puis ma belle-mère, venue d'Alsace, corsage de soie piqué d'une broche dorée, cheveux blancs fraîchement permanentés, et ma mère, à qui j'avais offert un beau tailleur pastel. De part et d'autre des deux aïeules, les oncles et tantes de mon aînée. Devant eux, Lucie et tous ses cousins, sagement alignés sur la pelouse. Les visages étaient souriants, les postures un rien guindées, les tenues parfaites. J'ai fait tirer, agrandir et encadrer ce cliché, et je l'ai posé sur le buffet de merisier de la salle à manger, comme un symbole, celui de ma réussite. Quatre ans plus tard, Élisabeth a découvert le sac que j'avais caché au fond d'une armoire, et la lettre de la Croix-Rouge annonçant le décès de mon père à Auschwitz.

Elle aurait pu la ranger, l'oublier, se taire, après tout, cela ne la regardait pas. Bien au contraire, elle s'est ruée dans la cuisine, où je terminais de préparer le dîner. Et elle m'a mis le papier sous le nez. Qu'est-ce que c'est ? m'a-t-elle demandé. Ce n'est rien. Remets ça là où c'était. Mais ça dit que ton père est mort à Auschwitz. Auschwitz, c'est là où on brûlait les juifs ? Alors il était juif? Et ta mère aussi? C'est pour ça qu'elle parlait cette drôle de langue? Elle avait à peine terminé sa phrase que j'ai senti la colère me gagner, une colère sourde, incontrôlable, irrépressible. Tant d'années de silence, tant d'efforts, tant de reniements, et cette gamine qui avait tout découvert... Il fallait qu'elle se taise. Je l'ai giflée violemment, une fois, deux fois, trois fois, et j'ai hurlé: Élisabeth, on ne parle pas de ça. Tu as compris?

Elle est montée dans sa chambre, sans rien dire, les joues toutes rouges. Le soir, au dîner, elle n'a pas prononcé un mot. Les jours suivants, elle a fait comme si de rien n'était. J'ai pensé qu'elle se le tiendrait pour dit, après tout, elle n'était pas désobéissante. J'ai remis la lettre dans son enveloppe, l'enveloppe dans le sac, et j'ai décidé de le jeter. Mais pour finir, je n'ai pas pu m'y résigner. Je l'ai confié à Michel, mon frère préféré.

Michel, c'est le petit dernier, celui qui a gardé des boucles rousses tombant aux épaules jusqu'à ses trois ans, il zozotait, il disait ze ne suis pas une fille. Je jouais avec lui comme avec une poupée, le matin je l'habillais, tu vas mettre ci, non tu seras mieux avec ça, enlève le polo bleu, mets la chemise, elle te vieillit, on dirait un petit homme. Toute la journée, il courait derrière moi, Hélène, Hélène, quand je l'ai retrouvé, après mon retour du pensionnat, il avait le crâne rasé, et le teint hâlé d'un enfant qui a vécu en plein air mais il m'a sauté au cou quand même, Hélène, Hélène. Aujourd'hui encore j'entends les intonations de sa voix, un peu gouailleuse, une voix de Titi parisien, *Bonjour, ça va ?* Je sursaute, surprise. Michel ? Mais oui, c'est lui qui entre dans le box. Il a grandi, ses épaules larges sont celles d'un athlète, mais son visage est toujours aussi rond et sa peau semée de taches de rousseur, quand il était petit, on l'appelait Poil de carotte. Michel, comment as-tu fait pour venir ? Normalement à cette heure tu travailles, je suis si contente de te voir, approche, j'ai quelque chose à te donner, mais où est donc le sac dans lequel j'ai glissé la lettre de la Croix-Rouge, *Maman tu n'avais pas de sac et ce n'est pas Michel, c'est l'interne des urgences.* Mais qu'est-ce que tu racontes, Lucie, je sais reconnaître mon frère tout de même, d'ailleurs il pourrait m'embrasser, Michel, pourquoi est-ce que tu ne m'embrasses pas ? *Michel est mort, maman, tu ne te souviens pas, nous sommes allés à son enterrement*, voilà qu'Élisabeth s'en mêle, elle a pris son ton hautain, et me regarde avec agacement, ma fille, tu peux bien me snober, je sais ce que je dis, Michel est bien vivant, il vient souvent me voir, tu étais là, la dernière fois. *Laisse*, dit Lucie à sa sœur, *c'est mieux si elle ne se souvient pas, elle a tellement pleuré au cimetière, quand on a mis le cercueil en terre, elle a voulu aller se jeter dans la tombe, elle disait, mon petit frère, mon petit frère.*

J'ai eu une absence. Quelque chose de court, de fugace, un blanc. Ça fait bizarre, on ne sait même plus que l'on respire, est-ce que c'est comme ça quand on est mort ? Je regarde autour de moi, un peu sonnée, je suis toujours dans le même box, Élisabeth et Lucie sont toujours là, elles ne se sont aperçues de rien, le temps s'est écoulé normalement pour elle, trente secondes, une minute, qu'est-ce qui s'est passé dans mon cerveau, on dirait qu'il s'est déconnecté, est-ce que c'est pour ça qu'un médecin se penche au-dessus de moi ? *Alors madame, vous ne voulez pas vous laisser soigner ?* Je le regarde, interloquée, mais si bien sûr je veux bien qu'on me soigne, qu'est-ce que j'ai, est-ce que c'est grave ? *Votre électrocardiogramme n'est pas tout à fait normal.* Je devrais avoir peur mais non, la phrase me rassure. Je l'ai entendue mille fois quand j'emmenais Élisabeth pour ses contrôles avant ou après l'opération, madame, l'électrocardiogramme de votre fille n'est pas tout à fait normal et pourtant, il ne lui est jamais rien arrivé, au contraire, elle a fait sa vie, elle a voyagé, elle a travaillé, elle a même accouché normalement, j'avais tellement peur pendant sa grossesse, mais non, quelques heures et hop ça a été fini, le petit est sorti, le lendemain elle était debout, en pleine forme, alors que pour moi, ça a été tellement difficile.

Après sa naissance, j'ai failli mourir. L'hémorragie, d'abord, ce sang qui a coulé si longtemps, puis une pneumonie, le personnel de la clinique n'avait pas eu le temps de chauffer le bloc opératoire, et ensuite une infection, la cicatrice ne voulait pas se refermer. Du coup, Charles et moi avons hésité avant de faire un autre enfant. Je voulais un fils, mais je ne voulais pas qu'il naisse avec un cœur mal formé, comme Élisabeth. Un autre enfant ou pas, j'hésitais, tous les mois, quand mes règles revenaient, j'étais partagée entre le soulagement et la frustration, puis, un jour, elles se sont arrêtées, voilà, on ne l'avait pas fait exprès, Charles faisait attention, mais j'étais enceinte. Au début, ça a été, le petit poussait bien, il donnait des coups de pied vigoureux, pas comme Élisabeth qui bougeait à peine, c'était bon signe, j'étais heureuse, sur un petit nuage, je n'arrêtais pas de caresser mon ventre. Aujourd'hui encore, parfois, j'imagine qu'il est rempli de ce bébé à qui je parlais sans arrêt, mon Philippe, mon petit chéri, je suis tellement contente que tu sois là, enfin. Et puis à sept mois, on m'a demandé de rester couchée, pour éviter que mon placenta se décolle, c'est comme ça qu'ils ont dit. J'ignorais ce qu'était un placenta, ma mère ne m'avait rien expliqué, le père Jalu non plus, on ne parlait pas de ces choses-là, alors j'ai regardé dans un dictionnaire : *placenta, organe temporaire qui se développe dans l'utérus pendant la gestation et qui sert aux échanges sanguins entre la mère et le fœtus.* Je n'ai pas bien compris, mais je suis restée au lit sans mettre un pied par terre, sauf pour aller faire ma toilette. Charles a embauché une petite bonne qui s'est chargée du ménage et de la cuisine, mais ça n'a pas suffi, cette fois-là encore, j'ai eu droit à une césarienne. Quand on m'a endormie j'ai dit au chirurgien, allez docteur, vous me sortirez un petit gars du ventre n'est-ce pas ? Il a dit je sortirai ce que je trouverai, c'est sur ces mots-là que je me suis sentie partir.

Madame, vous m'entendez ? Madame ? Ah, il m'énerve, ce type en blouse blanche, qu'est-ce qu'il a à crier comme ça, qu'il me laisse tranquille, je suis bien, Charles dépose mon bébé dans mes bras. C'est une fille, Hélène. Une fille ? Ce n'est pas possible, ils se sont trompés. Mais non, regarde, elle est belle, toute ronde, toute rose, en pleine santé, comment est-ce qu'on va l'appeler ? Sur le moment, aucun prénom ne m'est venu, et à Charles non plus. C'est Élisabeth qui, je ne sais pas pourquoi, a suggéré Lucie, elle a bien fait, après j'ai découvert que ça voulait dire « lumière » en latin, et c'est exactement cela qu'a été ma cadette, une lumière qui a illuminé ma vie même si, c'est vrai, j'ai toujours regretté le garçon que je n'ai pas eu. *On va lui faire une prise de sang, même si on doit l'attacher. J'en ai besoin pour poser définitivement le diagnostic,* mais qu'est-ce qu'il raconte, le type en blouse blanche ? Je ne veux pas qu'on m'attache, je veux rentrer chez moi, mon bébé m'attend. *Allons maman, laisse-toi faire,* dit gentiment Lucie, oh et puis d'accord, je suis fatiguée de lutter, et puis de toute façon, impossible de bouger, une mauvaise sueur me baigne, tout tourne autour de moi, ça me donne envie de vomir.

J'ai été très courageuse. Quand j'ai senti l'aiguille entrer dans ma veine, je n'ai pas bougé, même pas d'un centimètre. Après, quand on m'a enlevé le garrot, j'ai soupiré, voilà, c'était déjà fini, je ne me souvenais plus pourquoi j'en avais fait toute une histoire. L'infirmière a dit à mes filles : *vous pouvez aller lui chercher à manger.* À manger, enfin, voilà des heures que je n'ai rien avalé, Lucie, Élisabeth, trouvez-moi quelque chose, je vais dormir un peu pendant que vous cherchez, comme ça, le temps passera plus vite.

Ça va mieux. J'ai réussi à m'asseoir sur mon brancard. Le pain au chocolat fond dans ma bouche, le thé est bien chaud, comme je l'aime, avec du citron. J'ai l'impression de faire un festin, après, il reste une tarte aux pommes, *va doucement maman, ne t'étouffe pas*, Lucie a raison, il faut que je me calme, mais c'est tellement bon, encore une bouchée, puis une autre, j'adore les pâtisseries, à la maison je faisais toujours des gâteaux, j'ai essayé des tas de recettes, celle que mon petit-fils Édouard préférait c'était le tiramisu. Je lui en faisais souvent un pour son anniversaire. Charles le prenait en photo pendant qu'il soufflait ses bougies. Charles, fais-moi un peu de place sur le canapé, voilà nous sommes bien installés, ouvre l'album. Sur le papier glacé, Édouard a un an, il est encore tout blond, après il a foncé, mais ses yeux sont restés bleus, les mêmes exactement que les tiens, je suis contente qu'au moins un de mes petits-enfants en ait hérité. Tourne la page, le voilà à trois ans, dehors, un petit vélo l'attend, maman, pour le vélo c'est un peu tôt dit Élisabeth, mais non, il va très bien s'en tirer. Il a grandi si vite, cinq ans, sept ans, dix ans, douze ans, déjà un adolescent ou presque, dix-huit ans, un soupçon de barbe, vingt ans, à côté de lui, sa première petite amie. Aujourd'hui il en a changé dix fois, mais il n'est toujours pas marié. Est-ce que je vivrai assez longtemps pour connaître les enfants d'Édouard ? Je pose la main sur ma poitrine, je sens mon cœur qui bat, un deux trois, un deux trois, tout va bien, je tâte mon pouls, il est lent, régulier, je me redresse légèrement, ma tête ne tourne plus, je leur avais bien dit que ce n'était rien, qu'il fallait juste que je mange, je vais pouvoir reprendre ma vie, mais avant, Charles, tourne la page, je veux revoir d'autres anniversaires, d'autres Noëls, et le jardin semé de roses.

Élisabeth est partie pendant que je regardais l'album. Elle s'est éclipsée sans crier gare, comme d'habitude. Lucie, où est ta sœur ? *Je ne sais pas, elle ne t'a rien dit ? Elle est peut-être juste allée aux toilettes*, ah ça, je ne crois pas. Élisabeth, c'est une fugueuse, elle se lève, elle claque la porte derrière elle et on ne la revoit pas, la première fois, souviens-toi, elle n'avait pas dix-sept ans. *Maman, tu ne vas pas revenir sur cette vieille histoire ?* Mais si, justement, parce que l'affaire ne m'est jamais vraiment sortie de la tête, ça a été un cataclysme dans nos vies, à Charles et à moi, le début de tout ce que mon aînée nous a fait subir, pourtant, je le jure, on a tout fait pour être de bons parents, elle n'a jamais manqué de rien, et surtout pas d'argent.

Bien sûr, la veille, on s'était disputées. Je la croyais chez Agnès, sa meilleure amie, j'ai tout de même téléphoné pour vérifier. Non, madame, je ne l'ai pas vue. Je l'ai attendue de pied ferme et quand elle est rentrée, je l'ai giflée. Mais qu'est-ce qui te prend ? Tu es une menteuse, où est-ce que tu as passé l'après-midi, je suis sûre que tu étais avec un garçon. Qu'est-ce que ça peut te faire ? Je suis ta mère ! Elle a haussé les épaules et est partie s'enfermer dans sa chambre, sans même vouloir dîner. Laisse-la avoir faim, a dit Charles, ça lui servira de leçon, j'ai dit d'accord, mais tout de même j'aimerais bien savoir ce qu'elle a fabriqué. La question nous a tenus réveillés une bonne partie de la nuit, le lendemain, quand nous avons ouvert les yeux, elle était déjà partie pour l'école, mais le soir, elle n'est pas rentrée. On a vraiment commencé à s'inquiéter à 20 heures, Charles est parti faire le tour du quartier, mais il est revenu bredouille. On a appelé l'hôpital et le commissariat, mais rien, elle va revenir nous ont dit les policiers, elle a dû faire une petite fugue à cet âge-là ça arrive souvent. Quelques jours plus tard, ils nous ont rappelés pour nous informer que, finalement, ils avaient retrouvé sa trace, et qu'elle était en Israël.

Je croyais l'affaire classée, mais non. Après avoir découvert la lettre de la Croix-Rouge, Élisabeth avait fouillé, fouiné, posé des questions. Dans sa chambre, j'ai découvert une pile de livres sur les juifs. *Exodus*, le Talmud, *Réflexions sur la question juive*, *Le Dernier des Justes*, des ouvrages sur les camps de concentration, il y en avait une bonne dizaine, j'ai tout jeté. Ensuite, j'ai lu son journal intime, elle l'avait laissé bien en évidence, pour être sûre que je le trouve. Au début, elle décrivait ses premières boums, ses premiers baisers, ses promenades avec son amoureux, le ressentiment qu'elle me portait parce que j'étais trop dure avec elle. Venaient ensuite ces phrases qui m'ont glacée, tante Suzanne m'a tout raconté, notre famille est née à Varsovie, son grand-père était rabbin, mes oncles sont circoncis, ils ont fait leur bar-mitsva, Marcel a épousé une juive, à la synagogue. Toute ma vie est un mensonge, maman, je te déteste. Les derniers mots du cahier étaient écrits en capitales, à l'encre rouge.

J'ai eu du mal à découvrir où, en Israël, elle s'était réfugiée. Pour y arriver, il a fallu que je passe un avis de recherche dans un journal israélien. Quelqu'un l'a reconnue, et m'a donné l'adresse d'un kibboutz. C'est là que je lui ai écrit. Dans la première lettre, j'ai glissé les photos de la communion solennelle de Lucie. Elle souriait, dans son aube blanche, mais moi j'avais les traits tirés et le portrait de famille n'était pas très réussi, même si mes frères et sœurs étaient tous venus. J'ai écrit au dos de la photo tu nous as manqué, ma chérie, mais Élisabeth m'a juste répondu merci, mais je suis très bien ici et puis cette photo, c'est juste une mascarade, tu devrais avoir honte, comme ta mère a dû souffrir de tout ça. La fois suivante, j'ai raconté notre nouvelle vie, nous avons déménagé, la maison est superbe, il y a une petite piscine, l'été, ça va être formidable, on va pouvoir se baigner, et on a acheté un nouveau chien, un berger allemand, il s'appelle Brook, il va te plaire. J'ai glissé une photo du jardin dans l'enveloppe. Des grappes de roses éclataient sur la terrasse, et l'eau bleue de la piscine miroitait entre les deux statues de pierre qui la gardaient. J'ai attendu un mot d'elle, tous les jours je me précipitais vers la boîte aux lettres, mais elle était toujours vide, c'est quand même malheureux, disait Charles, elle avait tout ce qu'elle voulait ici, qu'est-ce qu'elle est allée faire dans ce pays ? Dans ma troisième lettre, je lui ai dit que si elle ne rentrait pas, je lui enverrais les policiers, et qu'ils la ramèneraient de force, qu'elle n'avait pas le choix. J'aurais dû commencer par ça, parce que la voilà qui arrive, ah, finalement tu es revenue, tu en as mis du temps, tes cheveux ont poussé, ils étaient courts maintenant ils tombent jusqu'à tes épaules, et tu as maigri, tu étais ronde tu es si mince, on ne t'a pas donné à manger là-bas ? *Mais maman, de quoi est-ce que tu parles, je suis juste sortie cinq minutes prendre l'air, on étouffe ici.*

Elle a raison, il fait chaud. Est-ce qu'on ne pourrait pas apporter un ventilateur ? J'en ai un, à la maison de retraite, il suffit d'aller le chercher, ce n'est pas bien loin, et il faudrait me ramener, aussi, de quoi faire ma toilette, je voudrais prendre une douche. Les deux filles hochent négativement la tête, *non maman, il n'y a pas de douche ici, est-ce que tu veux de nouveau changer ta couche ?* Oui, j'en aurais bien besoin, et besoin aussi d'aller aux toilettes pour la grosse commission, parce que ça fait un moment que je me retiens et j'ai peur d'avoir un accident, d'accord, on va demander, ne bouge pas, surtout. Les voilà parties, elles ont laissé la porte du box ouverte, ça me fait un peu d'air, mais le spectacle n'est pas réjouissant, les brancards se succèdent, un vieux au teint cireux et à la bouche ouverte, une jeune femme qui se tient le ventre, un gamin dont le bras est en sang, c'est le chien, c'est le chien hurle sa mère, pourtant il n'est pas méchant, moi aussi je croyais ça et pourtant le nôtre a mordu Élisabeth, il a failli lui arracher l'oreille. Elle n'avait pas douze ans, nous étions dans la salle à manger, je lui ai demandé d'aller mettre le couvert. Encore moi, pourquoi ce n'est jamais Lucie, a-t-elle crié, ça m'a énervée, alors j'ai levé la main pour la gifler et le chien qui était à côté, a voulu m'aider à la corriger, et lui a sauté dessus. À son nom, Bambi, Bambi, il s'appelait comme ça, il s'est arrêté, mais l'oreille d'Élisabeth pendouillait, il a fallu que je l'emmène à l'hôpital, pour qu'ils lui fassent des points de suture. Après, pour ne pas que Charles la voie, j'ai appelé mon frère Michel, et je lui ai demandé de venir la chercher. Si je ne l'avais pas éloignée, Charles aurait fait tuer le chien et moi, Bambi, je l'aimais bien, il n'était pas méchant.

L'interne au chef de service

J'attends les résultats de la prise de sang de Mme Morin, elle a sans doute une coronaire bouchée, et un œdème pulmonaire aigu. Elle a quatre-vingt-dix ans et souffre d'une forme avancée d'Alzheimer. Qu'est-ce que je dois faire?

Le chef de service

Bipez le cardio.

Chapitre 11

18 heures

Qu'est-ce que c'est long, surtout quand on ne sait pas ce qu'on attend. Pourquoi est-ce que je suis là, depuis combien de temps, d'accord je n'ai plus faim, mais je me sens tout engourdie, une petite marche me ferait tellement de bien. Élisabeth, Lucie, venez m'aider, je vais me lever, on va aller se promener sur les bords de la Marne comme quand vous étiez petites, parfois, on emportait un pique-nique, mon frère Michel nous rejoignait et nous le regardions pêcher, à la fin de la journée il remettait ses prises dans l'eau, il disait des poissons il y en a assez comme ça chez les marchands alors autant ne pas tuer ceux-là. Les bords de Marne, oui, ça serait bien, ou alors le parc aux Ibis, il y a un petit lac sur lequel nagent des cygnes et des canards, on emmènera Édouard et Guillaume, ils leur jetteront du pain dur, les filles, qu'est-ce que vous en pensez ? Elles ne m'écoutent pas, elles parlent avec le médecin, pourquoi est-ce qu'ils me tournent le dos, pourquoi est-ce qu'on ne me dit rien à moi ? J'attends des résultats d'analyse, j'ai donné mon sang ce n'est pas pour rien, il faut que je sache si tout va bien, la dernière fois, mon taux de cholestérol était un peu élevé, et mon diabète avait empiré, je tiens ça de ma mère, une sale maladie, mais aujourd'hui ça se soigne bien, la preuve, elle est toujours vivante. *Docteur, est-ce que je peux savoir ce qu'il y a ?* Il ne se retourne pas, il parle toujours, je tends l'oreille mais je n'entends rien, j'aurais peut-être dû mettre mes appareils, dommage je ne sais pas où ils sont passés, Charles va encore me gronder, de toute façon, depuis quelques mois, il me gronde tout le temps. L'autre jour, j'avais rangé ma montre en brillant dans le congélateur, pour être sûre de la retrouver facilement, mais ensuite j'ai oublié que je l'avais mise là, tout le monde a le droit d'avoir une absence, tout de même. Le soir venu, j'ai voulu la retirer de mon poignet, comme d'habitude, mais elle n'y était plus, j'ai cru l'avoir perdue, on a retourné la maison, et Dieu sait qu'elle est grande. Dans les tiroirs de la commode, j'ai retrouvé les craies que je cherchais depuis longtemps, j'aime bien les craies, ça me rappelle l'école, mon père m'en avait acheté de toutes les couleurs, on écrivait avec sur nos ardoises. J'étais contente, j'ai crié Charles, j'ai retrouvé mes craies, mais Hélène, tu cherches ta montre, ah oui, ma montre, j'ai continué à regarder partout, tiroir après tiroir, il y avait des modes d'emploi de téléphone, des boîtes de médicaments, des bonbons, j'aime bien en sucer un de temps en temps, mon collier de perles, des allumettes, un vieux paquet de cigarettes à la menthe, avant, je fumais, j'ai arrêté à cause des risques de cancer, des factures, de vieilles ordonnances, des carnets d'adresses sur lesquels j'ai retrouvé des noms d'amis que je n'ai pas vus depuis longtemps, je me suis promis de leur téléphoner, puis je me suis dit il faudrait que je range tout ça, et finalement j'en ai eu assez, je suis montée me coucher. Ce n'est que huit jours plus tard que Charles a retrouvé la montre, il faut dire que je l'avais cachée derrière les légumes congelés, pour que l'aide-soignante ne me la vole pas, avec les bijoux de cette valeur, on n'est jamais trop prudent. Il a pris sa grosse voix, Hélène, tu pourrais faire un peu attention, j'espère qu'elle n'est pas foutue, Charles, avant tu n'étais pas comme ça, tu ne criais pas, on se bécotait sans arrêt, d'ailleurs, c'est toi qui m'as donné mon premier baiser.

Ce soir-là, on s'était donné rendez-vous au métro Opéra, tu travaillais au Café de la Paix. Comme je n'avais toujours rien à me mettre, je suis à nouveau allée voir Marguerite pour lui emprunter sa robe bleue et ses talons aiguilles, heureusement, on fait la même taille. Pour une fois, j'ai lâché mes cheveux, et j'ai mis un peu de rouge à lèvres, tu es belle, m'a dit ma mère quand je suis partie, tu as trouvé quelqu'un ? Mais non maman, je vois seulement un ami, j'ai dit ça mais derrière mon dos j'ai croisé les doigts parce que quand même tu me plaisais bien. D'habitude je suis toujours en avance, mais tu étais déjà là quand je suis arrivée, je ne me souvenais pas que tu étais si grand, tu dépassais tous les passants d'une bonne tête, puis tu étais bien habillé pantalon noir et veste assortie, chemise blanche et cravate, les femmes se retournaient sur toi. On s'est serré la main, heureux de nous revoir, bonjour où est-ce qu'on va ? Je connais un petit restaurant, est-ce que tu veux dîner ? Le bistrot est tout près, trois chaises en terrasse, des nappes à carreaux, un menu tout simple, œuf mayo, steak frites, une crème caramel, deux cafés, le tout arrosé d'une grande bouteille d'eau minérale, j'ai refusé le vin et la bière, je n'ai pas l'habitude et je ne veux pas que la tête me tourne. Je mange, tu parles, tu as une drôle de voix, ton accent alsacien est plus fort que dans mon souvenir, tu me racontes la guerre, la résistance, j'ai été arrêté, j'avais tout juste seize ans, on m'a emmené à la prison de Mulhouse. Le tribunal m'a reconnu coupable et m'a condamné à mort, heureusement pour moi, le directeur de la prison connaissait bien ma mère, alors il a fait passer mon dossier à la trappe, j'ai atterri dans un camp, le Struthof, j'y suis resté presque dix-huit mois. Un camp, la mort, ça fait des échos dans ma tête, je dis : moi mon père est décédé à Auschwitz, et je me mords les lèvres parce que je viens de trahir le serment, mais c'est trop tard, tu lèves la tête d'un air étonné. Mais alors tu es juive ? Je hausse les épaules, et je te réponds très vite : juive moi, non, pas du tout, j'ai été baptisée.

Tu n'insistes pas, tu appelles le garçon et tu payes, ensuite nous marchons jusqu'aux bords de Seine, en silence, à un moment tu me prends la main, tes doigts entrelacent les miens, un peu plus loin tu m'enlaces, un peu plus loin encore, tes lèvres se posent sur les miennes, comme ça, en pleine rue, au milieu des passants, le pire, c'est que je me laisse faire, mais quand tu me proposes de m'emmener chez toi, je dis non, pour moi c'est le mariage ou rien, et tu me réponds, alors on se marie. Voilà, ça s'est décidé comme ça, en cinq minutes, ma mère a dit c'est un goy mais si tu es bien avec lui tant mieux, amène-le vendredi soir, je ferai la carpe farcie.

Charles, on y va ? On nous attend chez maman, il y aura Michel, Maurice et Marguerite, elle, tu la connais déjà, j'espère que tu vas aimer la carpe farcie et le strudel, regarde, depuis hier je porte au doigt la bague que tu m'as offerte en guise de cadeau de fiançailles, tu m'as dit : on se marie cet été, j'ai prévenu mes parents, nous irons en Alsace pour la cérémonie religieuse, je me réjouis déjà de te dire oui dans une toute petite chapelle, celle-là même où tu as été baptisé. Je serai en robe blanche et en chapeau, ta mère remarquera combien je suis assidue aux prières, elle me félicitera même en sortant, fière d'avoir une belle-fille aussi pieuse. Le père Jalu dira la messe, un photographe nous immortalisera, sortant de l'église, ensuite nous irons manger au restaurant, c'est l'une de tes cousines qui le tient, tu as déjà choisi le menu, bouchées à la reine, truite meunière, et vacherin glacé à la framboise. Charles, dépêche-toi, l'avenir nous attend, toute une vie devant nous, des enfants, je veux un garçon, nous l'appellerons Philippe, comme ton copain de résistance, et des tas de petits-enfants, qui ne nous donneront que des satisfactions. Te voilà enfin, je te tiens la main, tu te penches vers moi pour m'embrasser, qu'est-ce que je suis heureuse, tes lèvres ont toujours le même parfum de violette, les pastilles que tu suçais sans arrêt, ça donne bonne haleine, disais-tu. Mais quoi, que se passe-t-il, pourquoi est-ce que tu t'écartes ? Ça ne sent plus la violette, ça sent à nouveau l'hôpital et le désinfectant, l'interne est là, il parle, il parle, il parle, il fait de grands gestes, *troponine élevée, on va voir ce qu'on va faire, on attend le cardio,* Lucie et Élisabeth se regardent, dans le couloir j'entends un chariot avancer, gling gling gling, gling gling gling, Charles où es-tu encore passé, est-ce que je t'ai jamais rencontré ? J'ai peut-être rêvé après tout, je regarde ma main, pas de bague, il va falloir fouiller le congélateur, je l'ai peut-être cachée avec la montre, le problème c'est que je ne peux pas y aller moi-même, je suis toujours en chemise de nuit, ce n'est pas grave, je vais demander aux filles.

Lucie, Élisabeth, est-ce que vous pouvez me rendre un service ? Il faut que vous alliez chercher ma bague de fiançailles, vous avez les clefs de la maison, j'espère. Lucie mais qu'est-ce que tu as, tu pleures, et toi Élisabeth, tu t'arraches la peau du pouce, tu fais ça quand tu es énervée, vous êtes stressées ? C'est à cause de l'interne ? Je serais vous, je ne m'en ferais pas, c'est un blanc-bec, il n'a qu'un soupçon de barbe, pas plus de trente ans, aucune expérience, allez me chercher quelqu'un de compétent, aujourd'hui, tout se soigne, même le cancer, ma sœur Marguerite l'a eu, ils l'ont très bien traitée, quelques séances de rayons et hop on n'en a plus parlé, pareil pour ma sœur Suzanne, qui a vécu jusqu'à quatre-vingt-seize ans, jamais je n'aurais cru la voir si vieille. Marguerite, Suzanne, venez expliquer au docteur qu'il doit trouver le bon traitement, allons, je vous vois, vous êtes derrière le rideau du box, Marguerite tu as coupé tes cheveux ça te va bien et toi, Suzanne, tu as un peu grossi mais à nos âges quoi de plus normal, Lucie, fais-les rentrer, s'il te plaît, *mais de qui tu parles ?* De mes sœurs, bien sûr, elles ont tout de même le droit de venir me rendre visite, même si on est un peu à l'étroit, on se tassera et puis peut-être qu'elles m'ont apporté des fleurs, vous, vous n'y avez même pas pensé, vous savez bien, pourtant, qu'un petit bouquet ça fait toujours plaisir, allez en chercher à la maison, il doit y avoir des brassées de roses à cueillir.

Mes filles sont sorties, téléphone à l'oreille, elles ne m'ont même pas dit au revoir, elles m'énervent à être sans arrêt pendues à leurs portables. Qu'est-ce qu'elles peuvent bien raconter pendant des heures, et à qui ? Avant, c'était simple, on avait un appareil fixe, installé dans le salon, la sonnerie aigrelette faisait battre nos cœurs, parce qu'on ne l'entendait que quand il y avait de vraies nouvelles. La naissance de Pierre, le dernier fils de Marguerite, elle était si contente de ce nouveau-né qui, elle en était certaine, allait la réconcilier avec Jean. La communion solennelle de Viviane, la fille de Roger, les problèmes de Jean-Marie, le fils de Suzanne, qui ne voulait rien faire à l'école, le mariage de la fille de Fanny, celle qui s'avance maintenant dans l'allée centrale de la synagogue, la tête recouverte d'un grand voile blanc.

Il a fallu que je me fasse violence pour venir, mais Charles m'a dit Hélène, tu ne peux pas refuser, Fanny est la seule famille qui te reste du côté de ton père ou presque. Oui, non, oui, non, j'ai longtemps hésité, puis je me suis finalement décidée. C'est bizarre, cet endroit. Il n'y a aucune image aux murs, pas de cierge, pas d'odeur d'encens, juste une armoire fermée de rideaux de velours portant des inscriptions tracées en lettres hébraïques brodées d'or. Charles est parti à gauche, moi à droite, je ne le vois plus, je suis au milieu des femmes, une question de pureté, me dit Fanny qui s'installe à côté de moi pour que je ne sois pas trop dépaysée. Le rabbin se met à parler, *baroukh ata Adonai*, et d'un coup me revient aux oreilles la voix de mon père, il disait ça, le vendredi soir, avant qu'on mange la carpe. Qu'est-ce que ça veut dire, papa ? Ça veut dire béni sois-tu l'Éternel, celui des juifs, l'Unique, le Vengeur. Je ne vois pas pourquoi ils le bénissent, il a laissé le peuple élu marcher vers la mort, et mon père avec lui, est-ce qu'il s'est demandé pourquoi il l'avait abandonné, au moment où le gaz est entré dans ses poumons ? Le fiancé soulève doucement le voile cachant le visage de sa promise, l'officiant psalmodie, c'était déjà comme ça au mariage de Marcel, mon frère aussi a cassé le verre de cristal d'un coup de talon, en murmurant, si je t'oublie Jérusalem, que ma main droite se dessèche. Papa, c'est où Jérusalem ? C'est en Palestine, c'est où la Palestine ? Hélène, ça n'a pas d'importance, nous sommes français, tu comprends, maintenant et pour toujours, amen, murmure l'assistance, je suis tellement émue, dit Fanny, elle fait un si beau mariage.

Elle a raison. La belle famille est riche, et elle a bien fait les choses. La salle réservée à la réception est immense, les tables bien mises, la nourriture délicieuse, je vais goûter à tout, dit Charles, c'est vraiment un beau buffet. Fanny nous a installés avec deux couples de ses amis, ils se connaissent bien, sont heureux de se retrouver.

Quand est-ce que tu viens à Deauville, j'ai fait refaire l'appartement, c'est bien maintenant, on a une chambre d'amis, on y passe deux semaines en mai. Merci, mais nous, au printemps, nous avons réservé à Eilat. Cet été, hasarde Charles, nous allons en Alsace, est-ce que vous connaissez, les Vosges, le ballon de Guebwiller, le mont Sainte-Odile ? Quatre regards se tournent vers nous, ah vous êtes alsaciens ? Là-bas, les juifs ont beaucoup souffert. Nous ne sommes pas juifs, coupe Charles, quatre regards se détournent, puis la femme rousse aux oreilles ornées de boucles en diamant murmure ah bon, je croyais que vous étiez de la famille de la mariée. On va y aller, dit Charles à Fanny un peu plus tard. Vous ne restez pas danser ? Non merci, nous sommes fatigués, c'est gentil de nous avoir invités.

Avant de partir, j'ai dit au revoir à Élie. Après que nous avons prêté serment, mes frères et sœurs et moi, il nous a battu froid. Mais tout de même, il venait de temps en temps chez ma mère, pour manger la carpe farcie. Un soir, en plein repas, il a lancé à Élisabeth : tu sais, Hélène peut bien dire ce qu'elle veut, tu es comme nous, les juifs. Juif un jour, juif toujours, a renchéri mon aînée et, une fois de plus, j'ai été obligée de lui mettre une claque. Tiens, les revoilà, elle et sa sœur, elles sont toujours au téléphone. *Victoire*, dit Lucie, *il faudrait que tu viennes, ta grand-mère n'est pas très bien, demain, d'accord, mais pas trop tard.* Victoire va venir ? Alors ça, c'est une bonne nouvelle, je suis si contente, ça fait tellement longtemps que je ne l'ai pas vue, je vais la serrer fort dans mes bras, ma petite chérie.

Le cardio

Ils exagèrent, quand même. Ils ne me bipent que maintenant pour la patiente du box 12, soi-disant qu'elle est atteinte de la maladie d'Alzheimer, et qu'ils ont décidé de ne pas la soigner. Moi je trouve ça dégueulasse, tout le monde a le droit de vivre, cette pauvre femme comme les autres. Allez, je vais descendre lui faire une échographie, je verrai si je peux la faire admettre dans mon service, je trouverai bien un lit.

Chapitre 12

19 heures

Je dois tout préparer pour accueillir Victoire. Il y a longtemps qu'elle n'est pas venue à la maison, sa chambre n'est pas faite, je vais aérer, mettre les draps roses, la couette fleurie, et les taies d'oreiller assorties, nettoyer la salle de bains à fond, disposer les produits de toilette, savon et gel, shampoing et lait pour le corps, elle a la peau si douce, si délicate, elle a toujours été comme ça, depuis qu'elle est bébé. Victoire, je ne l'ai pas portée dans mon ventre, parce que après ma deuxième césarienne, on m'a dit cette fois c'est terminé, plus d'enfant, mais je la considère comme ma fille, la troisième, et aussi, je dois l'avouer, ma préférée.

Ça s'est fait tout naturellement. Lucie et son mari habitaient juste à côté de chez nous, Charles et moi nous leur avions loué un bel appartement. J'ai pu partager la grossesse, regarder le ventre de Lucie grossir, parfois, elle me disait maman il bouge, alors je le caressais. Cette fois, encore plus que toutes les autres, j'attendais un garçon. J'étais certaine que ça en était un, d'ailleurs, elle le portait en avant, pas du tout comme moi, elle avait déjà choisi le prénom, mais elle le gardait pour elle, moi je me contentais de faire des listes, et d'essayer de deviner. Julien, Christophe, Romain, Kevin, Martin, elle souriait mystérieusement, maman, sois patiente, tu verras bien. Quand elle a été enceinte de sept mois, nous sommes allées ensemble acheter la chambre du bébé, à Parly 2, et je lui ai dit, écoute je vais tout prendre en double comme ça si tu veux sortir, tu pourras me le laisser. Deux berceaux, deux baignoires, deux tables à langer, deux poussettes, nous avons tout fait livrer, c'était Noël, cette année-là, Élisabeth est venue manger, j'avais mis les petits plats dans les grands comme d'habitude, le sapin et la crèche étaient magnifiques. Quand nous avons ouvert les cadeaux Lucie a découvert de la layette, délicates brassières, nid d'ange, chaussons tricotés à la main. Regarde, Élisabeth, comme c'est mignon, tu ne veux pas un enfant toi aussi ? Non merci, moi je ne suis pas faite pour ça.

Elle a fait la tête pendant tout le repas de Noël. Assise à côté de sa sœur, elle ne levait pas le nez de son assiette, et c'est à peine si elle a daigné ouvrir son cadeau, je m'étais pourtant ruinée en lui achetant un micro-ondes, le dernier modèle, j'étais sûre de lui faire plaisir, mais non. Elle a murmuré un merci du bout des lèvres, et s'est éclipsée juste après le champagne, désolée, j'ai sommeil, bonne fin de soirée, à demain. À vrai dire, cela ne m'a pas étonnée, tout a toujours été difficile avec elle. Enfant, elle nous a compliqué la vie, parce qu'elle était malade, j'étais constamment fourrée avec elle chez le cardiologue ou le médecin, ça me prenait un temps fou. À quinze ans, toujours pas tirée d'affaire, elle s'est pourtant mise à fumer des Gauloises et à tourner autour des garçons. Après sa fugue, elle ne nous a jamais demandé pardon, au contraire, elle racontait à qui voulait l'entendre qu'elle avait passé six mois magnifiques en Israël, à cueillir des pamplemousses et des oranges, lever 5 heures, café noir, départ en camion, à l'arrière, retour à midi, sous la chaleur, cours d'hébreu l'après-midi, c'est dommage que maman ait jeté les livres de grand-père, j'aurais pu les lire. Elle enchaînait avec Jérusalem, vous ne pouvez pas savoir, quand j'ai passé la porte de Jaffa je me suis sentie chez moi, tout m'était familier, les pierres des édifices blanchies de soleil, les dalles polies par l'âge, les ruelles étroites de la ville arabe, et la place immense du Kotel, elle disait

Kotel au lieu de dire Mur des lamentations. J'ai bien essayé de la faire taire, mais non, elle est allée voir Roger, Maurice, Marguerite, Michel, Suzanne, elle les a de nouveau saoulés de questions, surtout Suzanne, la plus vieille, celle qui avait grandi à Varsovie. Comment c'était là-bas, où est-ce que vous viviez, est-ce que vous alliez à la synagogue, est-ce que grand-père disait les prières, est-ce qu'il portait une kippa, et la nourriture, est-ce qu'elle était kasher ? Ils étaient tous bien embêtés, qu'est-ce qu'il fallait dire, Maurice a fini par lâcher on n'est pas juifs, tu nous fais chier avec ça. Menteur, vous êtes tous des menteurs, vous devriez avoir honte, elle a continué à fouiller, à chercher, à parler à tort et à travers, tout le monde a fini par être au courant, nos employés, la bonne, les serveurs de notre affaire, le cuisinier, et ils se sont mis à dire derrière mon dos que j'étais une youpine. Je faisais mine de ne pas y prêter attention, mais j'avais honte, tout ça à cause d'elle, parfois, je me disais que j'aurais mieux fait de la perdre, après l'accident de scooter, ou de la laisser à ma belle-mère, en Alsace, là-bas au moins elle n'aurait pas retrouvé la lettre de la Croix-Rouge.

J'ai failli la mettre en pension en Suisse, dans une école hôtelière. J'ai pris des renseignements, trois ans d'études et elle aurait un diplôme, un vrai, peut-être même qu'elle y prendrait goût, qu'elle accepterait de travailler avec nous. Une école en Suisse, maman, tu rêves, je n'irai jamais disait-elle. Tu feras ce qu'on te dit, tu es mineure. Elle haussait les épaules, partait s'enfermer dans sa chambre, refusait de manger. Pour finir, j'ai cédé, et j'ai accepté qu'elle s'inscrive à la faculté de droit. C'est là que, par hasard, elle a rencontré ce type, un ténor du barreau qui venait d'écrire un livre et donnait une conférence. Je ne sais pas ce qu'elle lui a trouvé, il était petit, très maigre, toujours l'air d'être en colère, mais elle est tombée folle amoureuse de lui. Une toquade chassant l'autre, elle a oublié les juifs, Israël, et elle s'est mise en tête de devenir avocate. On peut dire ce qu'on veut d'Élisabeth mais une chose est certaine, elle a toujours été brillante à l'école, et elle l'est restée à la faculté. Elle a obtenu son diplôme haut la main, sans jamais redoubler.

La prestation de serment a été une magnifique cérémonie. Pour l'occasion, ma belle-mère est venue d'Alsace, et nous avons monté ensemble les marches du Palais de justice de Paris, elle dans son manteau d'astrakan, moi dans mon vison noir, la fourrure, ça fait riche. Comme nous étions arrivés bien en avance, nous étions les premiers devant la première chambre de la cour d'appel, c'est là que ça se passe, entre lustres de cristal et plafonds surchargés de dorures, nous avons pu nous installer au balcon, aux premières loges pour les photos. La salle était pleine quand Élisabeth est arrivée en robe noire, ses cheveux lâchés sur ses épaules, ça m'a un peu contrariée, parce que comme d'habitude elle faisait négligée. Mais tout de même, quand elle a prononcé son serment, *Je jure, comme avocat, d'exercer mes fonctions avec dignité, conscience, indépendance, probité et humanité,* j'ai essuyé une larme. J'étais si fière, elle était enfin rentrée dans le rang. Cette année-là a été bénie, mon aînée avait un beau métier, qu'elle exerçait avec passion, et Victoire nous est née.

Une fille, encore, mais je n'ai pas été trop déçue, finalement. Quand je suis arrivée à la clinique, elle dormait tranquillement, dans son petit berceau, je l'ai quand même prise dans mes bras, et elle a tourné vers moi son regard bleu, opaque, un regard de nouveau-né qui m'a fait trembler d'émotion. Elle s'appelle Victoire, a dit Lucie. Un beau prénom bien français, qui représentait tout ce que j'avais bâti sur les ruines de mon passé, et aussi, toute l'espérance que j'avais en l'avenir – l'assurance d'une belle vie.

Lucie était heureuse, au début, même si son accouchement avait été difficile, et qu'elle avait du mal à se débarrasser des kilos pris pendant sa grossesse, c'est affreux, je ne rentre plus dans rien. Mais un bébé c'est fatigant et elle était si jeune, à peine dix-neuf ans, je lui avais dit d'attendre mais elle n'a rien voulu savoir, son mari voulait un enfant. Je lui ai proposé de l'aider, je gardais souvent la petite, je lui disais sors, Lucie, profite, amuse-toi. Finalement, quand elle a divorcé, et qu'elle a ouvert son premier magasin de vêtements, Victoire est restée à la maison. C'est moi qui lui préparais des petits plats, l'emmenais se promener, la consolais, la nuit, quand elle pleurait, Charles lui a montré comment jardiner, ils cueillaient les fraises et les cerises ensemble, je lui ai appris à nager, nous l'avons accompagnée à l'école, j'ai organisé les goûters et les fêtes d'anniversaires. Je me souviens encore du poids de son corps quand elle s'endormait blottie contre moi, devant la télévision du salon, elle ne voulait jamais aller se coucher toute seule, elle avait peur du noir, et il fallait que Charles et moi on laisse la porte de notre chambre ouverte, elle venait souvent nous rejoindre au milieu de la nuit. Elle me manque, ma fille chérie, pourquoi n'est-elle pas là avec ses sœurs ? Lucie, quand est-ce qu'elle arrive, Victoire ? *Demain, je te l'ai dit, maman. Allonge-toi, le cardiologue va bientôt arriver, il va te faire ton échographie.*

J'ai peur. Tout le temps. De tout et de tout le monde. D'aujourd'hui, d'hier et de demain. J'ai peur de l'autobus qui s'arrête devant moi, et de l'endroit où il pourrait m'emmener, peur du train qui tarde à démarrer, parce que l'on pourrait m'arrêter, peur des voix allemandes qui résonnent, le soir, dans Paris, soldats ou touristes, comment savoir. La guerre est finie, dit Charles, les Allemands sont nos amis, mais j'ai quand même peur que mon père sorte de chez nous, parce qu'il ne reviendra pas, peur que maman aille à l'hôpital, parce qu'elle va mourir là-bas, peur d'avoir mal, aussi, comme quand j'étais petite.

Je m'en souviens comme si c'était hier, ça a commencé par une pointe de douleur dans le bas du ventre, à droite, c'est à peine si j'y ai prêté attention. Et puis peu à peu c'est devenu plus fort, je suis allée voir ma mère, qu'est-ce que tu as Hélène ? J'ai mal au ventre. *Nou*, ne t'inquiète pas, je vais te mettre une bouillotte ça te fera du bien, va te coucher. La bouillotte m'a soulagée, mais le lendemain, c'est revenu encore plus fort, je ne pouvais plus me lever, plus m'asseoir, qu'est-ce qu'elle ? a dit mon père, on va appeler le médecin, quand même. C'est comme ça que je me suis retrouvée à l'hôpital, c'était une péritonite, on ne pouvait pas m'opérer, alors ils m'ont posé un drain à même la plaie, je suis restée huit jours allongée, sans pouvoir manger. Un jour, papa m'a quand même apporté une brioche, je l'ai grignotée par en dessous, miette après miette, pour que les infirmières ne s'aperçoivent de rien, et ce soir-là ma fièvre est remontée, elle ne va quand même pas mourir, disait ma mère, j'ai déjà perdu Simon. Simon, justement, j'avais l'impression qu'il était dans la pièce, ça faisait drôle de revoir mon frère, je lui parlais, il me répondait, Hélène, tu verras, la mort, ça n'est pas si terrible, au moins j'ai arrêté d'avoir mal à la tête. Simon, si je meurs, je serai avec toi ? Mais oui, bien sûr, on pourra jouer ensemble. Elle ne va pas passer la nuit, ont dit les médecins à mes parents, elle délire, et puis au petit matin, la fièvre est tombée.

Madame, madame, comment vous sentez-vous ? Pourquoi est-ce que le médecin m'appelle madame, je m'appelle Hélène Simon, j'ai choisi le nom de famille à cause de mon petit frère, celui qui est mort dans les bras de ma mère, c'était un soir de juin, cela faisait deux jours qu'il se plaignait. Je ne dois pas dire mon vrai nom sinon les Allemands vont m'arrêter, qu'est-ce que je me sens mal, je transpire, mon cœur bat trop fort, il s'emballe, Simon m'appelle, viens, Hélène, viens, mais moi je ne veux pas le rejoindre. Je ne veux pas mourir, je ne suis pas si vieille, je veux me lever, aller me promener, sentir l'odeur de la forêt, lever la tête vers le faîte des arbres, cueillir mes roses, aller me baigner dans ma piscine, partir en voyage, il y a tant de pays que je n'ai pas visités. Puis je veux voir grandir les enfants de Victoire, elle en a deux, ils sont magnifiques, l'année prochaine, le plus vieux fait sa communion solennelle, je me réjouis à l'avance d'assister à la cérémonie, *Madame, je vais vous ausculter*, mais qu'est-ce qu'il fait, celui-là ? Il s'approche de moi, il soulève ma chemise de nuit, arrêtez, arrêtez, laissez-moi tranquille, le voilà qui maintenant me badigeonne de gel, assez va-t'en, dégage, la gifle claque sur sa joue, vlan, il l'a bien cherchée, *maman arrête*, Lucie et Élisabeth s'en mêlent, elles me tiennent chacune par un bras, elles sont de son côté, elles veulent m'enfermer, se débarrasser de moi, Charles, pourquoi est-ce que tu n'es pas là pour les en empêcher ? Je regarde le rideau du box, peut-être qu'il va s'ouvrir, peut-être que tu vas entrer, peut-être que tu vas me sauver, tu devrais te dépêcher parce que j'ai peur, une peur atroce, qui tord mon ventre et me donne des sueurs froides, je crois que je vais faire sur moi, voilà, ça y est, je sens mon urine qui coule dans la couche, quelle honte, mais Charles n'est toujours pas là, et qu'est-ce que je peux faire contre eux, maintenant ils sont quatre, deux hommes et deux femmes ? Ils pèsent de tout leur poids, ils glissent des sangles autour de mes bras et de mes jambes, ils me ligotent. Au secours, lâchez-moi, qu'est-ce que vous voulez me faire, où est-ce que vous voulez m'emmener ? Je sais que vous vous préparez, vous me croyez folle mais non, j'ai toute ma tête, si mon père avait été plus vigilant, il ne lui serait rien arrivé, l'oncle Élie l'avait bien prévenu, ne les laisse pas t'attraper, pourtant il est monté dans le bus sans broncher comme tous les autres, et si ma mère avait appelé le médecin plus tôt, Simon ne serait pas mort, c'est ce que le docteur a dit en arrivant, maman a hurlé, pas Simon, pas Simon, c'est mon préféré, et nous on a dû dormir par terre dans la cuisine, les uns sur les autres, pour lui laisser la chambre.

`Le cardiologue`

`Impossible de faire l'échographie, elle est trop agitée. J'ai demandé qu'on l'attache, mais elle hurle et elle a voulu me mordre quand je me suis approché. Je vais discuter de la marche à suivre avec mes confrères.`

Chapitre 13

20 heures

Toute la famille a assisté à l'enterrement. L'oncle Élie a dit le kaddish en détachant les mots un à un. Maman pleurait, papa a gardé la tête baissée pendant toute la cérémonie, nous on était derrière, en attendant que ça finisse. Après on l'a laissé là, dans la terre, et on est rentrés rue Félix-Terrier. La vie a repris sans lui, il nous manquait, mais on avait un peu plus de place, au moins jusqu'à ce que maman accouche de Michel, son petit dernier, voilà, on était de nouveau sept gosses à la maison, et moi, au retour de l'école, j'allais faire mes devoirs sur un banc pour être tranquille. C'est là que, pour la première fois, je me suis fait traiter de youpine, à cause de l'étoile.

Les youpins les youpins les youpins, c'est arrivé comme ça, d'un coup, d'abord tout bas, ensuite plus haut, ensuite à grands cris, et puis tout le monde s'est mis à nous éviter, même Sylvie, ma deuxième meilleure amie après Rosa. J'étais assise à côté d'elle à l'école elle a changé de place, elle ne m'a plus parlé à la récréation, ni elle, ni les autres que je regardais jouer à la marelle, un deux trois soleil. Plus de piscine, plus de cinéma, mes frères étaient ulcérés, soyez prudents, ne vous faites pas remarquer disait ma mère avant qu'on sorte le matin. Les discussions entre mon père et l'oncle Élie se sont faites fréquentes. Ils parlaient bas mais on les entendait quand même parce qu'au bout d'un moment ils s'énervaient. Élie, je t'assure, ici, en France, on ne risque rien, c'est le pays de la liberté, les gens ne sont pas antisémites, regarde Alfred Dreyfus, il a fini par être réhabilité. Peut-être, mais il a quand même passé la moitié de sa vie au bagne, tout ça parce qu'il était juif, mais non, ça n'a rien à voir, on croyait que c'était un traître. Ici, les juifs sont acceptés, et même appréciés, je n'ai jamais autant travaillé à la boutique, ce n'est pas pour rien qu'on est venus à Paris. Yankel, tu te trompes, la France a voté des lois antisémites, ils vont nous tomber dessus, ce n'est qu'une question de temps, il faut partir en Palestine, là-bas, c'est chez nous, notre vrai foyer, celui que l'Éternel a donné à notre peuple, la Terre promise où coulent le lait et le miel. Parlons-en de ta Terre promise, c'est un désert peuplé d'Arabes, pour quelle raison nous accepteraient-ils, alors qu'ils sont là-bas depuis des siècles ? Alors partons aux États-Unis, nous serons bien, il y a une communauté importante et prospère qui nous accueillera à bras ouverts. Les États-Unis ? Mais je ne parle pas anglais, les enfants non plus, et puis de toute façon, c'est devenu impossible d'avoir un visa. Yankel, tu vois bien qu'on nous persécute, pas plus tard qu'hier un ami m'a dit que les Allemands allaient nous déporter dans l'Est, parce qu'ils ont besoin de main-d'œuvre, mais non, ça, c'est pour les juifs allemands, nous ici nous sommes à l'abri, protégés par la République. Mon pauvre Yankel tu es trop con, l'oncle Élie finissait par crier avant de partir en claquant la porte, il a raison, disait Roger, papa est une vraie tête de mule, mais moi, soufflait Maurice, je veux pas y aller, en Palestine, ni aux États-Unis, je veux rester en France avec mes copains.

Ça fait longtemps que je ne l'ai pas vu, Maurice. Pourtant, c'était le premier à venir se baigner dans ma piscine, l'été, et à manger chez moi, le dimanche midi. Je les invitais tous, mes frères et mes sœurs, on s'asseyait autour de la grande table de pierre, sur la terrasse, on faisait griller des brochettes et des épis de maïs, Charles ouvrait une bonne bouteille. Les enfants avalaient leurs plats à toute vitesse pour pouvoir aller nager, ils étaient une bonne dizaine, cousins et cousines, quatre pour Marguerite, deux pour Maurice, un pour Michel, deux pour Roger, et les deux miennes, on les regardait, on était fiers, c'est la relève, disait Maurice, on a bien travaillé. Maurice, dès que je sors d'ici, nous referons une joyeuse tablée et nous échangerons des nouvelles, il y a de quoi dire, la fille de Roger a eu son diplôme de médecin, elle veut continuer pour faire psychiatre. Patrick, l'aîné de Marguerite, travaille comme commercial chez Renault, Dominique, son cadet, a trouvé une place de commis au Grand Café, il est débrouillard, il va vite monter en grade. Marine, sa seule fille, a passé un CAP de coiffeuse, mais elle n'a pas grande envie de travailler, jolie comme elle est, ce n'est pas grave, elle va trouver un mari et s'installer. Moi je suis fière d'Élisabeth, qui est avocate, elle plaide aux assises, déjà, alors qu'elle n'a pas encore un an de barre. On est bien dans le jardin, non ? Le soleil commence à donner sur la terrasse, Charles va baisser les stores, pour qu'il ne nous gêne pas, c'est l'heure du café et de la sieste, ensuite, on jouera aux cartes, rami, belote, c'est moi qui gagnerai, tu triches, dira

Roger. C'est ça le bonheur, être chez soi, dans son jardin fleuri de roses, au milieu de tous ses frères et sœurs, enfin, de ceux qui restent.

Élisabeth, Lucie, approchez, il faut que je vous parle. On est dimanche, n'est-ce pas ? Alors il faut aller mettre le barbecue en route, la viande ne cuit bien que sur les braises, Lucie, téléphone à Charles, il ne faut pas qu'il oublie d'allumer le chauffage de la piscine. Oh et puis finalement, je vais venir avec vous. Aidez-moi à me lever. Voilà le jardin, voilà mes roses, nous sommes là juste à temps, j'entends des voitures devant le portail, le chien aboie. Entrez, il y a si longtemps, je suis contente de vous voir, Marguerite, tu as fait une couleur, ça te va bien, le roux, et toi, Michel, tu as meilleure mine, à un moment tu n'allais pas fort. Roger, tu es toujours aussi élégant, Maurice, merci pour les fleurs, elles sont magnifiques. Installez-vous, je vais vous servir le champagne, et ensuite, on pourra commencer à manger.

Maman, tu nous entends ? Mais oui, bien sûr que je vous entends, qu'est-ce que vous croyez ? Je suis juste un peu distraite parce que je discute avec mes frères et sœurs, le soleil resplendit, l'eau de la piscine est d'un bleu immaculé, j'ai passé mon maillot, le noir, celui qui affine ma silhouette, depuis quelques années j'ai tendance à m'empâter, rien de grave, mais je fais attention tout de même, je me réjouis à l'avance d'aller me baigner. Le champagne est frais, le saumon bien parfumé, il y a des asperges et du melon, des crevettes et du saumon, tout ce que j'aime servir, en un joyeux mélange. Je croque dans mon premier toast, le pain est moelleux à souhait, mais je n'ai pas le temps d'avaler que ça recommence, la tête me lance, tout tourne autour de moi, je ne me souviens plus de rien, je ne sais plus où je suis.

La première fois que ça s'est produit, c'était le jour des vingt et un ans d'Édouard, c'est pour ça que je n'ai pas oublié la date. Élisabeth nous avait invités. Je n'aime pas trop aller chez elle, sa maison est petite et sombre, son jardin minuscule, et elle ne cuisine pas bien. Mais elle voulait absolument qu'Édouard souffle ses bougies chez elle, alors j'ai cédé. Elle nous avait dit venez pour 13 heures, Charles et moi nous sommes arrivés un peu en avance, je voulais lui acheter des fleurs, il m'a déposée devant le magasin, parce que pour se garer à Saint-Germain-en-Laye, c'est la croix et la bannière, Hélène, je te laisse là, rejoins-moi. J'ai dit oui, d'accord, je n'en ai pas pour longtemps. Dans le magasin, j'ai dû patienter, une dame devant moi n'en finissait pas de choisir, est-ce qu'elle allait prendre un bégonia ou une orchidée, ou bien un bouquet, pour finir elle a dit qu'elle allait réfléchir et elle a tourné les talons, la vendeuse était furieuse. Avec moi, elle n'a pas eu tout ce mal, je savais ce que je voulais, un beau bouquet composé, je vous l'enveloppe oui, merci, je vais vous payer en liquide, d'accord. Je suis sortie de là avec mon sac en bandoulière et mon bouquet à la main et, d'un coup, ça m'a pris, je ne reconnaissais plus rien, ni la rue, ni les magasins, ni la grande place où couraient des enfants. Où est-ce que j'étais ? Et où était Charles ? J'ai regardé à droite, à gauche, pour voir si je voyais la voiture, une Clio rouge, ça se remarque, c'est pour ça que j'ai pris cette couleur. Il y avait beaucoup de voitures, des grises, des bleues, des noires, des blanches, et là-bas une rouge, garée sur un emplacement livraison, voilà, ce devait être celle-là. J'ai avancé vers elle, mais quand je suis arrivée à sa hauteur j'ai vu qu'au volant, il y avait une jeune femme qui me regardait, l'air interrogateur, bonjour mademoiselle, est-ce que vous avez vu mon mari ? Elle m'a dit non, pas du tout, et je me suis aperçue que ce n'était pas ma voiture, finalement, les sièges n'étaient pas de la même couleur, et elle avait l'air bien plus neuve, je l'ai dépassée, et je me suis avancée, au cas où

Charles m'attendrait un peu plus loin, mais non. Il n'était nulle part, alors j'ai senti la colère me gagner. Comment avait-il pu me planter là, toute seule, alors que je ne connaissais pas le chemin pour aller chez Élisabeth ? Est-ce que je pouvais y aller à pied, ou est-ce qu'il fallait que je prenne un taxi ? Mais dans les deux cas, il fallait que j'aie l'adresse, et ce n'était pas le cas. Mon bouquet était encombrant, je l'ai posé sur un banc, et j'ai cherché mon portable dans mon sac, mais je ne l'ai pas trouvé, j'avais dû l'oublier chez moi. Comment faire ? Où aller ? J'ai demandé à un jeune homme de m'aider, pardon, est-ce que vous savez comment on va chez Élisabeth ? Il m'a regardée, interloqué, j'ai insisté, mais oui, vous savez bien, Élisabeth, ma fille, la maman de mon petit-fils Édouard, c'est son anniversaire aujourd'hui, je suis venue pour le fêter, c'est pour ça que j'ai acheté des fleurs, et puis je lui ai préparé un beau chèque, il va être content, n'est-ce pas ? C'est à ce moment-là qu'Édouard est arrivé, justement, mamie, mamie, mais qu'est-ce que tu fais, tout le monde t'attend, allez, viens avec moi. Tout le monde m'attendait, c'est vrai, mais à peine entrée, je me suis dirigée vers Charles et je l'ai empoigné, comment as-tu pu faire ça, comment as-tu pu m'abandonner ? T'abandonner ?

Mais Hélène je t'ai laissée devant le fleuriste, c'est à moins de deux cents mètres à pied ! Peut-être, mais tu sais très bien que je ne suis jamais venue chez Élisabeth, tu es parti sans me donner l'adresse, tu voulais me perdre, et, arrivée là, je me suis mise à pleurer. Maman, a dit Élisabeth, qu'est-ce que tu racontes ? Tu es venue chez moi mille fois, et là elle s'est arrêtée net, elle s'est mordu les lèvres, il y a eu un drôle de silence et j'ai vu deux grosses larmes couler sur les joues de Charles.

Maman, maman, ça va ? Tu es toute pâle. Tu veux boire un verre de jus d'orange ? Ça te ferait du bien. Mais oui Élisabeth, ça va, c'est juste que j'ai eu une absence, un trou de mémoire, ça arrive à tout le monde, voilà, c'est fini, oublié, on va manger, et ensuite on va souffler les bougies d'Édouard. *Quelles bougies ? Tu es aux urgences. Lucie, va chercher l'infirmière, elle est toute pâle.* Mais qu'est-ce qu'elle raconte ? J'ai simplement sommeil, mes yeux se ferment, je me sens glisser dans un trou noir mais je n'ai pas peur, au contraire, c'est agréable, mais qu'est-ce qu'elle fait ? Elle me pince, *maman, maman,* aïe, elle me fait mal, Élisabeth laisse-moi tranquille, *madame, madame,* allons bon, revoilà le médecin, je sens un masque qui se pose sur mon nez. *On vous donne un peu d'oxygène, ça va aller mieux*, mais non, je ne veux pas, d'ailleurs qui me dit que c'est de l'oxygène, je n'ai pas confiance, un petit coup sec et hop, je l'arrache, voilà, je suis libre, maman, ça suffit, on va te le remettre, voilà, c'est fait, ça va aller, n'y touche plus, *Madame, est-ce que vous savez où vous êtes ?*

Est-ce que je sais où je suis ? Mais oui, évidemment ! Je suis à l'hôpital ! Qu'est-ce qu'il croit, le médecin ? Que je perds la boule ? J'ai été admise ce matin, parce que j'avais du mal à respirer, on m'a fait un électrocardiogramme et une prise de sang, et on vient de me mettre un petit tuyau dans le nez, pour me donner de l'oxygène. Maintenant, j'attends les résultats pour rentrer chez moi, parce que tout va bien, j'en suis certaine, et j'aimerais bien que ça ne traîne pas trop, parce que ça commence à faire long. Élisabeth, Lucie, est-ce que vous allez me dire ce qui se passe ? Elles ne me répondent pas, elles parlent à un type en blouse blanche, sa tête me dit quelque chose, ah oui, c'est l'interne. *Le personnel est d'avis d'en rester là, mais c'est vous qui devez décider*, leur dit-il, d'une voix douce. *Allons en parler dans le couloir*. Il faut qu'Élisabeth et Lucie décident, mais de quoi exactement ? Du traitement que je dois prendre ? Mais en quoi ça les regarde ? Ce sont mes filles, d'accord, mais elles n'ont pas voix au chapitre, c'est moi qui décide, comme je l'ai toujours fait toute ma vie, Élisabeth, Lucie, arrêtez de lui parler, allez, obéissez, et tout de suite, *d'accord madame, ne vous énervez pas, je sors juste quelques minutes avec vos filles, et je reviens vous voir.*

Je m'ennuie. Ici, il n'y a rien à faire, même pas un magazine à lire. Pas de télévision, pas de radio, pas de téléphone portable, ils se moquent du monde, vraiment. Ils appellent ça les urgences mais pour eux, rien n'est urgent, visiblement. Ça fait combien de temps que je suis là ? Dix heures ? Douze heures ? Est-ce que ça va durer encore longtemps ? Je ne peux même pas me lever, je suis toujours attachée, personne ne vient, qu'est-ce que je pourrais bien faire ? Ah je sais. Je vais chanter, ça va me faire passer le temps et puis j'ai toujours aimé ça. Petite, on me disait toujours que j'avais une belle voix, chante, Hélène, chante, me demandait mon père, j'entonnais *La Java bleue*, c'est la java bleue, la java la plus belle, celle qui ensorcelle, quand on la danse les yeux dans les yeux, il fredonnait avec moi en souriant et après j'en profitais pour lui dire que je voulais apprendre à jouer du piano, comme Rosa, la fille des Tenenbaum. Du piano ? On verra, répondait-il, peut-être, il faut que j'y réfléchisse, j'étais à la fois déçue et heureuse, déçue parce que ce n'était pas oui, heureuse parce que ce n'était pas non, même si je n'y croyais pas trop, où est-ce qu'on aurait pu caser un piano chez nous ? Puis à la maison, on avait de quoi manger, mais on n'était pas riches, les aînés passaient leurs vêtements aux cadets, mon père refaisait les semelles des chaussures, et il rappelait chaque matin à maman qu'un sou est un sou, et qu'elle devait faire très attention à ses achats. Alors le piano, il allait finir par me dire que ce n'était pas pour moi, même si je m'exerçais à jouer, les mains posées sur la table, *do ré mi fa sol la si do*, je fermais les yeux et je pouvais entendre le son de chaque note. Le soir, parfois, j'allais chez les Tenenbaum et j'écoutais Rosa, elle faisait des gammes, la main droite d'abord, la main gauche ensuite, les deux mains pour finir, j'avais l'impression que ses doigts s'envolaient sur le clavier, ensuite elle passait à Clementi, c'est technique, disait-elle, mais c'est obligatoire puis, enfin, elle jouait un morceau, au hasard. Au moment où la police française a frappé, elle entamait une nocturne de Chopin, elle s'est arrêtée net quand elle a entendu la porte s'ouvrir, ils venaient chercher son père, où est-ce que vous m'emmenez ? a-t-il demandé, c'est juste une vérification, suivez-nous.

Un piano, c'est la première chose que j'ai achetée, quand j'ai gagné un peu d'argent.

Charles m'a dit c'est une folie, il n'avait pas tort, mais le vendeur m'avait proposé de payer à crédit, douze mensualités, vous ne le sentirez pas passer, et j'ai accepté, j'en avais trop envie. Pas pour moi, j'étais bien trop vieille, et puis j'étais occupée, entre mon travail et l'entretien de ma maison, Charles changeait de chemise tous les jours et, à cette époque-là, nous n'avions pas de machine à laver, je frottais ses cols à la main, avec du savon de Marseille, où est-ce que j'aurais trouvé le temps de jouer ? Non, le piano, c'était pour Élisabeth, je lui ai fait donner des leçons dès qu'elle a eu six ans, comme Rosa elle faisait des gammes et elle jouait Clementi. Elle a continué longtemps, elle passait même des auditions, son professeur était content d'elle, et puis elle est partie dans son kibboutz et, au retour, il n'a plus été question de musique. Lucie, elle, n'a jamais aimé ça, Victoire non plus, ça m'a déçue, j'ai donné à ces trois-là la chance de devenir musiciennes, mais aucune ne l'a saisie. N'empêche, j'ai gardé le piano, il est chez moi, dans la salle à manger, et tous les ans je le fais accorder, parfois je l'ouvre et je regarde le clavier, c'est si beau, ces touches noires et blanches. C'est la java bleue, la java la plus belle, celle qui ensorcelle, quand on la danse les yeux dans les yeux, je chante, pour passer le temps, et puis mon père aime bien ça, il est là, de nouveau, assis auprès de moi, il est venu exprès pour m'entendre.

```
L'interne
```

```
La famille de Mme Morin a décidé que, compte tenu de son âge et de sa maladie d'Alzheimer, il valait mieux ne pas poursuivre les soins. Je signe son bon de sortie, ensuite il faudra appeler une ambulance pour la ramener dans sa maison de retraite.
```

Chapitre 14

21 heures

Voilà. Ça y est. C'est terminé. Je suis libre. L'infirmière m'a détachée, mes filles m'ont aidée à m'asseoir, Élisabeth m'a dit : *tu vas pouvoir te rhabiller*. Me rhabiller mais avec quoi ? Je suis partie comme ça, en chemise de nuit, *mais non maman je suis allée te chercher tes vêtements, regarde, j'ai pris ton pantalon crème et ton chemisier rose, celui que je t'ai offert l'année dernière, tu te rappelles ? Il y a des chaussures, aussi, des ballerines, tu seras plus à l'aise, allez on va mettre tout ça et aller dans la salle d'attente, parce qu'ils ont besoin du box*. Lucie m'aide à enfiler le pantalon, Élisabeth à passer le chemisier, je glisse mes pieds dans les chaussures, je me redresse, je pose les pieds sur le sol, voilà, je ne suis plus malade, les filles devraient être contentes, pourtant on dirait que Lucie a pleuré. Elle a peut-être reçu une mauvaise nouvelle, j'espère qu'il n'est rien arrivé aux petits de Victoire, Lucie, tout va bien ? *Mais oui maman, pourquoi est-ce que tu me demandes ça ?* On y va, d'accord, me voilà debout, Lucie tient mon bras gauche, Élisabeth mon bras droit, c'est drôle on dirait que je fais mes premiers pas.

Le couloir. Les brancards. Les malades qui gémissent. Les infirmières qui passent, l'air pressé. Une salle qui s'ouvre, à notre droite, *on va attendre là*, dit Lucie, *l'ambulance ne va pas tarder*. Ah non. J'ai assez attendu. Je ne veux pas entrer. Je ne veux pas m'asseoir. Je veux marcher, profiter de ma liberté retrouvée, me dégourdir les jambes, en un mot. Les filles, lâchez-moi, je vais visiter l'endroit, faire connaissance avec les gens, il y a tellement de monde ici, ça va être intéressant. Tiens, ce monsieur, dans le box n° 14, c'est marqué à l'entrée, il a l'air de s'ennuyer, bonjour monsieur, comment allez-vous, je m'appelle Hélène Simon, et toi, comment tu t'appelles, il est malpoli, ce type, même quand je le secoue il ne me répond pas, *madame, s'il vous plaît, allez dans la salle d'attente*, maman, viens, dépêche-toi. Bon d'accord, je viens, mais d'abord je voudrais aller faire pipi, où sont les toilettes ? Ça ne peut pas attendre très longtemps, voilà, merci, je ne ferme pas la porte parce que j'ai peur d'être coincée à l'intérieur, ça m'est arrivé une fois dans un café, il a fallu que je tambourine dix bonnes minutes avant que quelqu'un vienne ouvrir. Ouf, ça va mieux, je remonte ma culotte, je me demande où mes filles l'ont trouvée celle-là, elle est moche, du coton blanc tout simple, dès que je peux, je vais racheter des sous-vêtements en soie, comme avant. *Maman, lave-toi les mains*, qu'est-ce qui lui prend à Élisabeth, pourquoi elle me demande ça ? Je ne veux pas me laver les mains, elles sont propres, Élisabeth, lâche-moi, ne mets pas mes doigts sous l'eau, elle est trop froide, et puis je suis assez grande pour m'occuper de moi et arrête de me pousser, ou je te donne une claque, *maman j'ai passé l'âge*, eh bien non, tiens, voilà pour toi, allez, ne fais pas la tête, c'est pour ton bien.

C'est triste, ici. Les murs sont vert pâle, les sièges recouverts de skaï bleu inconfortables, le sol en lino gris, les magazines posés sur une table à moitié cassée ont été mille fois feuilletés. Pas de fenêtre, pas de photos, aucune gravure aux murs, je déteste ma nouvelle chambre, d'ailleurs, il n'y a même pas de lit, je me demande comment je vais dormir ce soir. Les filles, où est le lit ? Et pourquoi, ici, il n'y a pas de salle de bains ? *Maman, on est dans la salle d'attente,* d'accord, mais on attend quoi exactement ?

On attend l'ambulance. L'ambulance ? Mais c'est pour qui ? Pour toi, Élisabeth ? Tu es de nouveau malade ? C'est ton cœur ? *Mais non maman je ne suis pas malade, l'ambulance c'est pour toi, pour te ramener, tu ne te souviens pas ?* Ah oui, c'est vrai, elle a raison, je dois rentrer chez moi. Je vais emporter un des magazines mis à disposition dans la salle, à l'intérieur, il y a des mots croisés, je m'installerai sur la petite table damée, juste à côté de la fenêtre, comme d'habitude et je compléterai la grille. J'aime bien ça les mots croisés, ça me détend, et puis je suis bien, là, je peux profiter de la vue sur le jardin, l'été, et sur la cheminée du salon, l'hiver. On fait du feu à partir de novembre, quand les radiateurs ont du mal à chauffer la pièce. Charles le prépare, c'est toute une cérémonie, il met du petit bois bien sec, ensuite un peu de papier, après une petite bûche, ensuite il me laisse craquer une grande allumette et la jeter à l'intérieur. Le papier s'enflamme, le petit bois s'embrase, ensuite c'est au tour de la bûche. L'ennui, c'est que tout ça prend du temps, alors, pour aller plus vite, j'ai eu l'idée de bourrer la cheminée de papiers. Ça a bien flambé, mais la femme de ménage est arrivée et elle s'est mise à crier, madame, madame, mais qu'est-ce que vous avez fait, du coup Charles a rappliqué, et il s'est mis à hurler aussi, Hélène,

Hélène, tu vas foutre le feu à la maison, ensuite il est allé chercher une poubelle en aluminium et avec les pinces il a ressorti tout le papier qui brûlait, dedans il y avait les chéquiers, il a essayé de les récupérer, mais je lui ai dit laisse, qu'est-ce que ça peut faire, on va en recommander.

Après ça, j'ai eu une idée. Pendant que Charles faisait la sieste, j'ai tout brûlé. Parfois, il vaut mieux se débarrasser des choses, parce qu'on ne sait pas ce que la vie vous réserve. Si j'avais jeté l'avis de décès de mon père, Élisabeth n'aurait jamais su que nous avions été youpins, elle ne serait pas partie en Israël, et personne n'aurait été au courant de nos origines. Je n'ai pas été prudente, ça m'a servi de leçon. J'ai donc jeté dans la cheminée notre livret de famille, nos passeports, nos cartes d'identité et nos permis de conduire. Ensuite, j'ai ajouté les papiers de la banque, les vieilles ordonnances, les résultats d'analyse, les radios et les carnets d'adresses. Je pouvais être tranquille, plus personne, jamais, ne saurait qui nous étions, ce que nous avions dépensé et pourquoi, et qui étaient nos amis. Je croyais que Charles serait content, mais pas du tout, il n'est pas facile, mon mari, il se met en colère pour un rien, mais il me manque quand même, il faut dire qu'on a passé soixante ans ensemble, on les a fêtés cet été, chez nous, on avait invité toute la famille, frères, sœurs, neveux et nièces, enfants et petits-enfants réunis.

Hélène, comme c'est joli, ont-ils dit les uns après les autres, en découvrant ma table de fête, c'est vrai que c'était magnifique, j'avais sorti ma plus belle nappe brodée à la main de roses carmin, les verres en cristal, les assiettes en porcelaine de Limoges et leurs couverts en vermeil. Charles a pris une photo avant de laisser nos invités s'asseoir, ils râlaient parce qu'ils avaient faim, mais finalement ils se sont laissé faire, après, on a dégusté le saumon, le foie gras, les homards aux pattes énormes, et la pièce montée. La dernière bouchée avalée, Lucie a dit venez, on va danser sur la terrasse, je ne sais pas comment elle s'est débrouillée mais quelques minutes plus tard, Édith Piaf nous chantait *La Vie en rose*, quand tu me prends dans tes bras, tu me parles tout bas, je vois la vie en rose. Allez, viens, Charles, on va valser, tu te rappelles, avant on allait au bal tous les samedis soir, c'était le bon temps, tu me serrais la taille, et j'avais la tête qui tournait un peu, parce que tu me faisais tourner trop vite, doucement, laisse-moi respirer, tu m'étouffes, oui, voilà, comme ça, c'est mieux. *Maman, ça va ?* Oui ça va, je valse avec votre père, sur la terrasse, après on soufflera les bougies du gâteau et on ouvrira nos cadeaux, mais j'ai un peu chaud, je vais enlever mon chemisier, ça sera plus confortable, *maman s'il te plaît reste habillée, les ambulanciers vont arriver*, et alors, qu'est-ce que ça peut faire ?

Allez madame, on y va. Ah oui, tiens, ils sont là, plantés devant la porte, un Noir et un Blanc, un grand et un petit, le Noir est beau, avec ses épaules larges, dommage qu'il soit noir, ce n'est pas que je n'aime pas les gens de couleur, avec mes origines, je n'ai pas le droit d'être raciste, mais tout de même. *On y va*, répète-t-il, d'accord mais on va où ? *On va chez vous.* Chez moi ? Dans ma maison ? Maintenant ? *Mais oui, madame.* Élisabeth, Lucie, c'est formidable, je rentre, Charles doit m'attendre, cette nuit je vais dormir dans mon lit, contre lui, il ne peut plus rien faire mais ce n'est pas grave, à nos âges, plus besoin de sexe, la tendresse suffit, et pour être tendre il est tendre, il passe des heures à me masser le dos, avec une huile parfumée, jusqu'à ce que je m'endorme. Charles, j'arrive, les filles, on se retrouve là-bas, à tout à l'heure, on boira une tisane ensemble, allez, à tout à l'heure.

C'est un peu difficile de monter à l'arrière de l'ambulance, mais le grand Noir me porte presque, il a de la poigne, et puis de toute façon j'ai beaucoup maigri. *Madame, allongez-vous*, je n'aime pas trop ça mais j'obéis quand même, je n'ai pas envie qu'il change d'avis et me ramène dans la salle d'attente, j'y ai passé assez de temps comme ça, *très bien madame, ne bougez plus, je vous passe les ceintures de sécurité*, il se penche sur moi, je peux respirer son odeur, depuis combien de temps est-ce que je n'ai pas été si près d'un jeune homme ? Je suis âgée, c'est vrai, mais c'est troublant tout de même, je sens le feu monter à mes joues, pourvu qu'il ne s'en aperçoive pas, *je vous laisse, madame*, il s'écarte, ouf, il ne s'est rendu compte de rien, il descend, les portes se referment, et doucement, tout doucement, je sens la voiture qui démarre.

Où est-ce qu'on va déjà ? C'est terrible, quand même, Élisabeth et Lucie me l'ont dit il n'y a pas cinq minutes et j'ai déjà oublié, je cherche, je cherche, et rien ne vient, l'ambulance tourne à gauche, puis à droite, ça nous emmène où tout ça, monsieur, monsieur, je crie mais l'ambulancier ne m'entend pas, il est à l'avant à côté de son collègue et moi je suis ligotée, impuissante. Allons, il ne faut pas que je m'énerve, c'est mauvais pour mon cœur, et ça ne me rendra pas la mémoire, je vais faire comme me l'a conseillé la neurologue, compter jusqu'à trente en pensant à des choses agréables, vous verrez, cela vous aidera à retrouver vos souvenirs. Un deux trois quatre, Victoire m'entoure de ses bras, mamie je t'aime, mamie je t'aime, elle a deux ans et jamais on a vu petite fille si mignonne, l'autre jour je lui ai acheté une petite robe bras nus en dentelle blanche, avec un serre-tête assorti, elle commence à avoir de beaux cheveux. Cinq six sept huit, je suis à la plage, il fait beau, l'air sent l'iode et le pin, dans le seau il y a les crevettes que nous avons pêchées à marée basse, tout à l'heure je les jetterai dans l'eau salée pour les faire cuire, on va se régaler, neuf dix onze douze, c'est mon anniversaire, Charles a glissé sous ma serviette un petit écrin, à l'intérieur, des boucles d'oreilles en perle et une broche assortie. Treize quatorze quinze, je suis sur ma balancelle et je berce Édouard, il a tout juste quatre mois, pour une fois Élisabeth me l'a laissé sans faire trop d'histoires, elle ne reviendra le chercher que ce soir, pendant cinq heures il sera tout à moi. Seize, dix-sept, dix-huit, j'ouvre la portière de ma nouvelle voiture, une Mustang décapotable de couleur bronze, elle est magnifique, jamais je n'aurais cru pouvoir me payer ça, et pourtant si, Charles et moi nous sommes riches, l'affaire marche à tout-va, dix-neuf, vingt, vingt et un, Marguerite et moi jouons à la corde à sauter, au pied de notre immeuble, nos manteaux ne portent pas encore l'étoile et les passants nous sourient, vingt-deux vingt-trois, vingt-quatre, c'est la communion de Viviane, la fille de Roger, elle remonte l'allée en robe blanche, un cierge à la main, ensuite nous posons ensemble, devant l'église, Lucie est toute petite encore, Élisabeth vient d'être opérée, ses lèvres ne sont plus bleues mais roses, vingt-cinq, vingt-six, vingt-sept, le prunier que Charles et moi avons planté est plein de beaux fruits mûrissant au soleil, j'en ferai de bonnes confitures, au moins dix pots que je rangerai dans la cave, en attendant l'hiver, vingt-huit, vingt-neuf, trente, Ludovic s'approche de moi, si près que je peux sentir son parfum, eau sauvage et tabac mêlés, quel beau garçon, il ressemble tellement au fils que j'ai toujours désiré.

Bien sûr, il y avait les filles. Élisabeth grandissait vaille que vaille, Lucie était mon rayon de soleil, mais je ne pouvais m'empêcher de pleurer le petit garçon que je n'avais pas pu mettre au monde. Parfois, le soir, quand je n'arrivais pas à dormir, je lui cherchais des prénoms, Philippe, bien sûr, mais ça fait vieillot maintenant, pourquoi pas Louis, ou Adrien, ou Alexandre, roi ou empereur, ça serait un bon présage. Ensuite, j'imaginais notre vie avec lui. Ses premiers pas, ses premiers mots, sa première phrase, maman je t'aime, moi aussi mon chéri. Les Noëls avec lui étaient différents, sous le sapin il y avait des jeux de garçons, une tenue de Zorro, cape, masque et épée, un train électrique, un garage miniature, avec une dizaine de petites autos. Il grandissait tranquillement, moi j'avais arrêté de travailler, pas question d'internat pour lui, je voulais en profiter au maximum, le suivre dans ses études. Parfois je le regardais nager, dans une mer calme et bleue, et en sortir nimbé de lumière. D'autres fois nous dévalions ensemble une pente neigeuse, maman, je t'ouvre le chemin, reste dans mes traces. D'autres fois encore nous allions au zoo de Vincennes, et passions des heures devant les singes, regarde maman, celui-là, il a les fesses toutes rouges, pourquoi ? Mes rêveries m'entraînaient jusqu'au milieu de la nuit, le lendemain j'avais les yeux cernés, qu'est-ce que tu as ? demandait Charles, rien, j'ai eu du mal à m'endormir, c'est tout, prends un petit somnifère, tiens, voilà, oui, bien sûr, je faisais mine d'avaler le cachet mais je le recrachais discrètement, je ne voulais pas rater mon rendez-vous avec mon fils.

Il n'est jamais venu agrandir la famille, mais il était là tout de même, il avait dix ans, quinze ans, vingt ans, vingt-cinq ans, l'âge de Ludovic quand il s'est présenté au restaurant pour un poste de cuisinier. Qu'est-ce qui m'a touchée chez lui ? Son regard admiratif ?

Son visage rond, troué de deux yeux aux cils épais ? Sa voix chaude, posée, ses mains toujours en mouvement ? Pendant que je le regardais, troublée, Charles lisait ses références. À la fin de l'entretien, il lui a dit que nous allions réfléchir, et que nous le rappellerions, mais pour moi, c'était déjà tout réfléchi. Ce garçon-là, c'était le fils que je n'avais jamais eu.

Au début, nos discussions sont restées dans un cadre professionnel. Les menus, on pourrait ajouter de la truite aux amandes avec garniture de pommes vapeur, les commandes, il me faut de la viande rouge, le boucher me propose de belles entrecôtes, les stocks, inutile de trop congeler, c'est bien meilleur frais. Nous faisions le point autour d'un café, après la fermeture, ensuite il me ramenait chez moi, parce que j'avais de l'argent liquide, de moins en moins avec les chèques et les cartes bleues, mais tout de même, mieux vaut ne prendre aucun risque. Il était galant, m'ouvrait la portière, veillait à ce que la climatisation de la voiture soit bien réglée, conduisait tout en souplesse, s'assurait que j'étais bien en sécurité à l'intérieur de la maison avant de redémarrer. Un jour, je l'ai invité à déjeuner pour le remercier, après il a pris l'habitude de passer chez nous de temps en temps, puis de plus en plus souvent. Nous allions faire les courses ensemble, il m'aidait à porter mes paquets, parfois je lui offrais un vêtement, une jolie veste, une chemise, des gants, une chevalière marquée à ses initiales. J'étais heureuse, la famille était enfin complète, et puis je l'ai surpris en train d'embrasser Élisabeth.

Ça m'a fait un choc, de les voir tous les deux, collés l'un contre l'autre. Ils se sont séparés dès qu'ils m'ont entendue, elle était toute rouge, lui très embarrassé. J'ai demandé : depuis combien de temps ça dure, ce petit manège ? C'est la première fois, Madame, je suis désolé, je ne sais pas ce qui m'a pris, ça ne se renouvellera pas. Le soir même, il était renvoyé, sans préavis, et personne n'a plus jamais eu de ses nouvelles.

Je me demande où il est maintenant, Ludovic. Est-ce qu'il s'est marié ? Est-ce qu'il a eu des enfants ? Est-ce qu'il a acheté une affaire, ou bien est-il toujours salarié ? Est-ce qu'il pense encore parfois à moi, est-ce qu'il m'a oubliée ? Ludovic, j'aimerais bien te revoir, est-ce que tu pourrais me téléphoner ? Tu as peut-être encore mon numéro, c'est toujours le même, depuis tout ce temps. Il te suffit de le composer pour me joindre, je serais heureuse de te retrouver. Appelle-moi à la maison, je viens de me souvenir que c'est là que l'ambulance m'emmène, tu vois, la neurologue avait raison, quand j'ai un trou de mémoire, il ne faut surtout pas m'énerver, ça revient tout seul, quand je pense à des choses agréables.

La directrice de la maison de retraite

Mme Morin vient de rentrer. La famille m'a avertie qu'elle n'en avait plus pour très longtemps mais qu'en accord avec les médecins, elle avait décidé de ne pas intervenir. J'ai prévenu le personnel de nuit, on la mettra sous oxygène si elle a vraiment du mal à respirer.

Chapitre 15

Dans la nuit

Vous avez dû vous tromper d'adresse, c'est ce que j'ai dit à l'ambulancier quand il a sorti mon brancard du véhicule. Je m'attendais à être devant la porte de ma propriété, mais non, pas du tout, il s'était garé devant la maison de retraite. Au début, j'ai protesté gentiment, tout le monde peut faire une erreur, après tout. Monsieur, monsieur, ce n'est pas là que j'habite. Deux minutes plus tard j'ai répété ma phrase, plus fort, parce qu'il n'avait pas l'air de m'entendre, et là, il s'est tourné vers moi, et m'a dit : on nous a dit de vous amener ici, on fait notre travail. Au même moment, la directrice est arrivée, *madame Morin, bonjour, nous sommes contents de vous retrouver, on va vous ramener dans votre chambre, est-ce qu'un peu de soupe bien chaude vous ferait plaisir ?* J'ai accepté, parce que je me sentais fatiguée, et que je me suis dit que le potage allait me redonner des forces. Le personnel avait dû avoir des instructions parce que le temps que je m'installe, une aide-soignante m'a apporté un vrai plateau-repas, avec de la soupe, mais aussi du fromage et du pain, et une orange.

Elle est là, dans mon assiette, magnifique, un vrai cadeau, je n'en ai encore jamais mangé. L'oncle Élie les a apportées pour Hanoukka, il appelle ça la fête des Lumières, d'ailleurs, maman a sorti le chandelier et elle allume une bougie chaque jour, en souvenir, dit-elle. En souvenir ? Mais en souvenir de quoi ? Hélène, tout ça ce sont des superstitions, coupe mon père, ne t'en occupe pas. C'est en souvenir du miracle de la fiole d'huile qui a brûlé huit journées entières au Temple, murmure Suzanne à mon oreille. Elle a beau chuchoter, mon père lui lance un regard furieux, du coup elle ajoute simplement, allez, mange.

Mais est-ce que je dois manger l'orange, ou bien la regarder ? Elle est si belle, si ronde, j'ose à peine toucher sa peau, charnue, éclatante, si je l'entame, je vais l'abîmer, j'hésite. Mes frères et sœurs ont moins de scrupules, Maurice l'a déjà coupée en deux, puis en quatre, le jus dégouline de ses mains tandis qu'il porte un morceau à sa bouche, Hélène qu'est-ce que tu attends, dit-il, dépêche-toi, ou je prends la tienne. Je sais qu'il en serait bien capable, c'est un goinfre, il s'arrange pour être servi le premier, et finit tous les plats, déclare qu'il a encore faim, et qu'il veut une double part de dessert, mais il n'aura pas mon orange, plutôt mourir. Je plante mes ongles dans l'écorce, j'en détache un petit morceau que je porte à ma bouche, c'est amer, quelle idiote, dit Maurice, c'est pas la peau qu'il faut manger, c'est l'intérieur. Du coup je me dépêche de la peler, j'en déguste les quartiers, un à un, avec délice, et j'ai à peine terminé le dernier que l'aide-soignante entre dans la chambre et débarrasse mon plateau, *bonne nuit, madame Morin.*

Mais où est-ce qu'ils sont passés, tous ? Ils étaient là, autour de la table, nous fêtions Hanoukka, ma mère venait d'allumer la huitième bougie du chandelier, et d'un coup, il n'y a plus personne. Il fait noir, peut-être que je ne les vois pas ? Maurice, Marguerite, Régine, Suzanne, Michel, Roger, montrez-vous, et toi maman, sors de la cuisine, j'entends des bruits de vaisselle, ne fais pas mine de ne pas être là. Ah, j'ai bien fait de vous appeler, vous émergez un à un de l'ombre, vous vous asseyez autour de moi, maman me caresse le front gentiment, je ferme les yeux. *Nou, nou*, dit-elle, laisse-toi aller, tu vas bientôt me rejoindre. Je voudrais bien lui répondre mais c'est bizarre, ma bouche est comme paralysée, j'ai beau remuer les lèvres elles ne s'entrouvrent pas, il n'en sort qu'un son rauque, une plainte sourde, mmmmh mmmmmh mmmmh, qu'est-ce qui m'arrive ? Ne t'énerve pas, dit Suzanne, ça va passer, tiens, je vais te raconter une histoire d'avant, quand on habitait encore en Pologne, ça va t'intéresser. M'intéresser, la Pologne ? Je secoue négativement la tête, non, non, non, je ne veux rien savoir, puis tu as juré, comme les autres, tu ne dois rien dire. Suzanne, tu m'entends ? Non, elle ne m'entend pas, elle continue, on vivait tous ensemble, dans un petit village, à trente kilomètres de Cracovie, c'est là que papa et maman sont nés. Il y avait des maisons en bois, et des carrioles tirées par les chevaux, la rue principale était en terre battue, et nous prenions l'eau à la fontaine. Le vendredi soir, c'était la fête, grand-père et grand-mère m'emmenaient à la synagogue, pour l'office du shabbat. Il y avait tout le village, ou presque, on se saluait tous, on était beaux dans nos habits de cérémonie, tellement beaux qu'on aurait cru qu'on était déguisés, surtout les vieillards, avec leurs caftans et leurs longues barbes blanches. Quand on avait fini de s'installer, le silence se faisait, et la voix du chantre s'élevait, c'était magnifique, je ne comprenais pas les mots qu'il prononçait, mais à force de les entendre, je les connaissais par cœur et je connaissais, aussi, les mots écrits dans nos livres, nous les murmurions tous ensemble, c'était comme un bourdonnement sourd, qui s'élevait vers le ciel. Un jour j'ai demandé à grand-père s'il était sûr que Dieu nous entendait, et il m'a répondu oui, et il a ajouté que s'il continuait à laisser le monde exister, c'était à cause de nos prières. Après l'office, pour rentrer à la maison, nous passions devant le cimetière, c'est là qu'ils sont, maintenant, grand-père et grand-mère, les pierres tombales portent leurs noms en caractères hébraïques, l'herbe doit les avoir mangées parce qu'il n'y a plus personne pour les entretenir. On a eu de la chance, on est partis juste avant le pogrom, les goys ont mis le feu à la synagogue en plein office, il ne reste plus rien du bâtiment en bois, et ceux qui ont pu en sortir ont été abattus les uns après les autres.

Suzanne, tais-toi, tu nous casses les pieds avec tes histoires, Maurice est hilare, comme à son habitude, il rit de tout, tout le temps, il rit encore quand il me dit tu vois Hélène, je suis revenu de la guerre. La guerre, quelle guerre ? Mais la guerre d'Indochine, tu sais bien que je suis parti là-bas parce que je ne voulais pas continuer à vivre avec Rachel, c'est l'oncle Élie qui m'avait marié avec elle, mais on ne s'est jamais entendus, d'ailleurs, la première chose qu'elle m'a dite, au début de notre nuit de noces, c'est toi, je ne t'aime pas. Deux ans plus tard, je me suis engagé et je lui ai laissé nos gosses, je ne les ai jamais revus, au début je leur écrivais toutes les semaines, mais elle me renvoyait les lettres. Ça m'a fait du mal de savoir que j'avais laissé mes gamins derrière moi, et puis peu à peu, je les ai oubliés parce que je ne pensais plus qu'à sauver ma peau. Tu sais, Hélène, là-bas, j'ai tué un paquet de gens, ennemis ou amis, parfois je ne savais pas bien, mais les ordres sont les ordres, quand on vous dit tirez, tirez, tirez, on doit obéir sans discuter et puis comme ça, ils savent tous autant qu'ils sont que les youpins ne sont pas forcément des lâches qui courbent les épaules et montent sans protester dans les trains, moi si j'avais été papa, je ne me serais pas laissé faire. Allez, ma sœur, je vais te quitter, je pars en Algérie, il paraît que c'est dur, là-bas, ça canarde de partout, mais bon, j'ai l'habitude, puis je serai avec tous les copains. Salut, ma sœur, porte-toi bien, je te laisse avec Régine.

Régine ? Régine est là, elle aussi ? Mais oui, je suis là, mon Dieu, je ne l'avais pas reconnue, elle est venue d'Amérique exprès pour moi, je suis si heureuse, les larmes me montent aux yeux, on ne s'est pas revues depuis qu'elle a fait la connaissance de son GI, il l'a fait danser toute une soirée, et lui a demandé de l'épouser, deux mois plus tard elle était de l'autre côté de l'océan. Après, on a eu des nouvelles par courrier, la naissance de son premier enfant, Jack, il a quelques mois de plus qu'Élisabeth, une photo de Coney Island, avec les deux autres, un garçon et une fille. Ensuite, sur les clichés, Régine vieillit, ses enfants grandissent. L'école, les Noëls, les anniversaires, les études, les voilà adultes, déjà, Jack a fondé une société d'import-export, il a loué des bureaux au quinzième étage de l'une des Twin Towers, Joan s'est mariée et essaie désespérément d'avoir des enfants, Bobby est marin, il a fait plusieurs fois le tour du monde, mais il est souffrant depuis quelques semaines, on ne sait pas trop ce qu'il a, on espère que ce n'est pas cette nouvelle maladie, qu'ils appellent le cancer des gays. Et toi, Hélène, comment vas-tu ? me demande Régine, sa voix a changé, elle parle français avec un accent américain, tu sais depuis le temps que je suis là-bas, j'ai du mal avec notre langue, tu devrais venir plus souvent, dit Marguerite, tu nous manques, tu viendras au mariage de ma fille, conclut Michel, ça sera l'année prochaine à Giverny.

Ils parlent, les uns après les autres, ils échangent des nouvelles, je les écoute, mais j'ai de plus en plus de mal à comprendre ce qu'ils disent, leurs voix se font moins fortes, leurs visages et leurs silhouettes deviennent flous, je les distingue à peine, ils vont disparaître, je voudrais les retenir, mais je ne peux toujours pas ouvrir la bouche, mmmmhhhh, mmmmmhhh, mmmmhh, les mots ne sortent pas, est-ce que je devrais m'inquiéter, est-ce que c'est grave ? Est-ce que je vais mourir ?

Je ne devrais pas avoir peur. Je sais que la mort n'est pas une fin et que si le corps est mis en terre, l'âme éternelle s'envole vers le paradis, pour y retrouver Dieu. À l'orphelinat, le père Jalu nous le répétait, jour après jour, il disait aussi : là-haut, c'est un lieu magnifique, peuplé d'anges et empli de lumière, on y vit éternellement dans l'amour du Christ. Il me suffisait de fermer les yeux pour l'imaginer, une plaine immense, semée de fleurs, aux fragrances odorantes, et résonnante de musique célestes, mais attention, continuait le père Jalu, le paradis, il faut le mériter. Alors, j'ai fait tout ce qu'il nous a dit. J'ai été une bonne catholique, je suis allée à la messe tous les dimanches, enfin, quand je pouvais, parce que avec le restaurant ce n'était pas facile, je me suis confessée, j'ai récité mes prières, je n'ai commis aucun péché mortel, j'ai élevé mes filles dans la foi, même si Élisabeth prétend qu'elle est juive, je sais qu'elle n'appartient pas au peuple déicide. Quand je fermerai les yeux pour toujours, je rejoindrai donc les anges et les saints, mais ce qui m'ennuie, c'est que là-haut, je ne retrouverai peut-être pas ceux que j'aime, parce que quand même, il faut bien que je le reconnaisse même si cela me déplaît, avant le serment, on était tous juifs.

Est-ce que le Christ nous pardonnera un jour de l'avoir fait crucifier ? Est-ce qu'il nous accordera la vie éternelle ? Est-ce qu'il ressuscitera leurs corps, à la fin des temps ? Et si dans sa toute-puissance, il ordonne à leurs os de sortir de terre, comment cela se passera-t-il pour tous ceux qu'on a jetés dans les fours crématoires et dont il ne reste plus que des cendres ? Hélène, tu te poses trop de questions, le père Jalu est à mon chevet, est-ce qu'il vient me donner l'extrême-onction ? Je voudrais lui demander mais je ne peux toujours pas parler, et lui reste là, debout, à me regarder, est-ce qu'il est vivant, est-ce qu'il est mort et moi, d'ailleurs, est-ce que je vis toujours ? Pour en avoir le cœur net, je me pince le bras, de plus en plus fort, jusqu'à ce que la douleur me prouve que je suis toujours de ce monde, père Jalu, vous pouvez repartir, je n'ai pas besoin de vous même si je suis contente de vous voir, on se retrouvera plus tard, au paradis, mais je ne veux pas y aller tout de suite, Victoire doit arriver demain, je veux l'embrasser et rentrer chez moi pour cueillir mes roses.

Mes filles m'ont fait passer les photos du jardin, l'autre fois. Depuis que je suis partie, il s'est beaucoup dégradé. La pelouse est trop haute, et pleine de pissenlits, la glycine n'a pas été taillée, la vigne, les fleurs fanées n'ont pas été cueillies, mes rosiers portent des feuilles piquées de brun, une désolation. Avant, nous avions un jardinier à plein temps, mais Charles dit que nous n'avons plus les moyens de les payer depuis que j'ai dépensé toutes nos économies. Moi, dépenser nos économies ? Il se trompe, une fois de plus, même si c'est vrai que je suis allée à la banque et que j'ai demandé qu'on casse nos assurances-vie. Je reconnais aussi que j'ai imité sa signature, mais cet argent, c'est le mien aussi, je pouvais en disposer comme je le souhaitais, et Victoire avait besoin d'une voiture pour aller travailler. Une voiture d'accord, mais qu'est-ce que tu as fait du reste, m'a demandé Charles, qu'est-ce que j'ai fait du reste, comme si je le savais, l'argent, c'est si vite parti, une robe par-ci, un manteau par-là, des bottes en cuir, un sac Vuitton, quelques bijoux, et les travaux de la terrasse, il fallait bien la réparer. Et puis même si j'ai un peu trop dépensé, ce n'est pas une catastrophe, de l'argent, il va en arriver bientôt.

La lettre frappée du tampon d'un huissier nous a été délivrée par la poste. Quand je l'ai lue je n'en ai pas cru mes yeux. Un gros lot exceptionnel nous avait été attribué, photo du chèque à notre nom à l'appui. Pour le récupérer, il suffisait de commander quelque chose – un catalogue était joint. Il présentait des produits alléchants, on voyait que c'était de la qualité, j'en ai pris pour cent cinquante euros, c'était cher, mais en faisant le chèque, je me suis dit que ça valait la peine, et qu'en plus, j'avais de quoi faire une partie de mes cadeaux de Noël.

Le colis est arrivé dix jours plus tard. Il y avait bien les chocolats, mais pas le chèque. Vérification faite nous n'avions pas gagné parce que nous avions passé commande après la date dite, mais il y avait tout de même un joli lot de consolation, une petite mappemonde que j'ai mise sur mon bureau. Après, j'ai continué à commander, pour avoir le gros lot. Pâtés, saucissons, vins fins, confits de canard, j'ai rempli mes placards, bien sûr c'était très onéreux, mais bientôt, nous allions récupérer l'argent au centuple.

Et puis, un dimanche, Élisabeth est passée prendre le café. Toute fière, je lui ai montré mes provisions, et elle a froncé le nez. C'est quoi maman tout ça ? Je lui ai tout raconté, je croyais qu'elle serait contente pour moi, mais elle a soupiré. Maman tu ne vois pas que c'est une escroquerie ? Tout ce que tu as commandé, c'est du bas de gamme, vendu à prix d'or. Et jamais on ne t'enverra de gros lot. Combien d'argent est-ce que tu as dépensé ? Elle pouvait toujours parler. Pour être sûre de ne pas manquer le gros lot, j'ai fait une nouvelle commande juste après qu'elle est partie. D'ailleurs, depuis, l'argent doit être arrivé, et Charles a dû pouvoir s'occuper du jardin.

L'odeur de l'herbe fraîchement coupée. Voilà ce que je sens, une odeur puissante, délicieuse, de celles qui vous enivrent. Je n'ai plus mal nulle part, je respire librement, je peux de nouveau parler, le soleil est haut dans le ciel, et, dans le jardin, mes petits-enfants s'en donnent à cœur joie. Édouard est le plus grand, il est aussi dodu que Guillaume est maigre, mais leurs visages se ressemblent, mêmes yeux en amande, bleus pour Édouard, noirs pour Guillaume, lèvres pleines et nez joliment retroussés, mêmes cheveux ras, ils profitent de la piscine, si Élisabeth était là, elle leur demanderait d'arrêter de plonger, parce que l'eau n'est pas profonde et qu'ils pourraient se cogner la tête, mais elle voit toujours le danger partout. Ils ne risquent rien, et surtout pas de se rompre le cou, les gosses, ça sait, d'instinct, quand il faut s'arrêter. Édouard, Guillaume, c'est l'heure de goûter, venez, je vous ai fait un marbré, quand vous aurez mangé, on ira dans la forêt, c'est agréable à cette heure, vous pourrez faire une cabane avec des branches, ou jouer au ballon dans les allées. J'ai beau crier, ils n'arrivent pas, les revoilà dans l'eau, tant pis, après tout ils mangeront quand ils auront faim et nous irons à la forêt une autre fois. Je suis bien, allongée sur ma chaise longue, ma petite chatte sur les genoux. C'est une femelle, la dernière d'une longue lignée de siamoises. Il y a eu Lilas, je l'ai achetée dans une animalerie, sur les quais de Seine, j'y allais souvent pour me promener, ce jour-là elle était toute seule dans sa cage, un minuscule chaton blanc aux yeux bleu foncé, elle est venue vers moi et a léché le doigt que je lui tendais à travers la grille, j'ai dit au vendeur, je prends celle-là. Quelques années plus tard, elle a mis au monde une portée de quatre bébés, j'en ai donné un à Élisabeth, deux à des amis, et j'ai gardé la plus belle, Lola. Ensuite il y a eu Lili, puis Leslie, puis Lilou, ma petite dernière, qui va avoir quinze ans, déjà. J'aurais bien voulu qu'elle se reproduise, elle aussi, mais Charles a dit que ça suffisait comme ça, qu'on était trop vieux pour en avoir un autre, et il a ajouté : de toute façon, j'ai trop de travail avec toi.

Mamie, mamie, mamie. Les voilà qui arrivent, mes petits-fils. Ils ont bien grandi, depuis la dernière fois que je les ai vus, Édouard porte sa robe d'avocat, celle-là aussi je l'ai payée, la plus belle, la plus chère, j'espère que ça se terminera mieux que pour sa mère, *maman, ne reviens pas sans arrêt sur cette histoire*, dit Élisabeth quand je lui fais la réflexion. Guillaume vit à Hong Kong, il est venu exprès, dix heures d'avion pour m'embrasser, c'est vraiment gentil, venez, les garçons, approchez-vous, dites-moi ce que vous devenez, tous les deux, est-ce que vous avez une fiancée, est-ce que vous voulez des enfants, est-ce que vous gagnez bien votre vie, est-ce que vous voulez une tranche de marbré ? Vous devez avoir faim, à force de courir dans le jardin et de plonger dans la piscine. Oui, ils ont faim, ils se jettent sur le gâteau, mangez, mangez, j'en referai un autre, mais avant, je vais me reposer un peu, je suis fatiguée.

L'aide-soignante

Je suis passée voir Mme Morin. Elle somnolait, mais sa respiration était difficile et elle était en sueur. Elle n'a pas de température, j'ai vérifié, mais sa tension est élevée, j'ai hésité à prévenir une infirmière, et finalement j'ai appelé. Mme Morin est mourante, m'a-t-elle dit, vous ne le saviez pas ? Ce n'est qu'une question d'heures. Mourante ? Mais alors pourquoi est-elle là, pourquoi n'appelle-t-on pas le SAMU, pourquoi ne la transporte-t-on pas de nouveau aux urgences ? Parce que la famille a décidé, en accord avec les médecins, que c'était mieux comme ça.

Tout de même, je trouve que les gens exagèrent. Mme Morin souffre de la maladie d'Alzheimer, c'est vrai, mais ce n'est pas une raison pour ne pas la soigner. Qu'est-ce que je fais ? Est-ce que j'appelle les secours ?

Chapitre 16

1er août, 6 heures du matin

J'y suis allée, moi aussi, en Terre promise. J'ai longtemps hésité, oui ou non, oui ou non, oui ou non, et finalement j'ai dit oui. Charles et moi avons réservé un circuit de huit jours, pour visiter les lieux chrétiens, de Jérusalem aux sources du Jourdain. J'ai prévenu le père Jalu, il était content pour moi, il m'a dit Hélène, c'est bien, tu vas à la rencontre du Christ. Il avait raison, c'est là-bas que Notre Seigneur est né, qu'il a grandi et qu'il a été crucifié, j'avais hâte, tout à coup, de marcher dans ses traces. Tu vas en Israël ? a ironiquement lancé Élisabeth, quand je lui ai annoncé la nouvelle. Tu risques de ne pas être dépaysée. Pour une fois, elle avait raison.

Ça a commencé à l'aéroport, avec la foule de passagers se pressant à l'enregistrement. Il y avait des hommes en noir, portant redingotes et chapeaux, et leurs femmes aux jupes longues, aux bras et à la tête couverts, entourées d'une nuée de marmots. Ce qui m'a fait chavirer le cœur, c'est qu'ils parlaient la langue de ma mère, j'ai reconnu quelques phrases, *vos makhstu*, comment tu vas, *es ken zayn besser*, cela pourrait aller mieux. Maman, après ça, j'ai cru te voir partout. Tu étais devant moi, au bras d'un homme que je ne connaissais pas, est-ce que tu t'étais remariée sans nous le dire ? Tu te retournais, tu me souriais, la file avançait, tu disparaissais, et puis tu revenais, plus loin, consolant un enfant qui hurlait, donnant le biberon à un nouveau-né, tirant une valise trop lourde, c'était toi et ce n'était jamais toi. Avance donc un peu, ça va être à nous, a dit Charles, du coup je t'ai perdue de vue, mais est-ce que tu avais jamais été là ? Je me le demandais toujours quand nous sommes arrivés devant la guérite de l'agent de sécurité, et que nous lui avons tendu nos billets d'avion et nos passeports.

Il s'en est saisi, puis a regardé le mien un long moment. Ensuite, il m'a demandé : madame, pourquoi allez-vous en Israël ? Je fais un pèlerinage sur les pas du Christ. Pourtant vous avez un nom juif, non ? Je me suis sentie chavirer, pas du tout monsieur, je m'appelle Hélène Morin, et je suis catholique. Morin, c'est votre nom de femme mariée, jeune fille, vous vous appeliez… Et alors, qu'est-ce que ça peut faire, a coupé Charles, en quoi est-ce que cela vous concerne ? Après, les questions se sont faites de plus en plus bizarres, est-ce que c'est vraiment votre passeport où est-ce que vous l'avez volé, quel était le prénom de votre grand-mère, et celui de votre père, où est-ce qu'il est né, ça a duré au moins une demi-heure, tout ça pour que finalement l'homme nous lance, d'accord, vous pouvez y aller, quel mauvais coucheur, a conclu Charles.

L'avion avait cette odeur étrange de renfermé que je déteste, mais les sièges étaient confortables, et le vol s'est déroulé sans problème, après l'atterrissage tout le monde a applaudi. Nous sommes en Terre promise, a dit mon voisin de siège, oui, chez nous, a répondu son épouse. Quelques minutes plus tard, nous étions dans l'aéroport, et un employé de l'immigration nous donnait nos visas sans sourciller. *Welcome* en Israël, nous a-t-il dit. Dans le hall, il y avait des drapeaux frappés d'une étoile, mais celle-là était bleue, pas jaune. Tout de même, je me suis dit qu'ils auraient pu choisir un autre symbole, mais quand je suis sortie, personne ne la portait au revers de sa veste, ni sur son corsage et les gens qui nous entouraient avaient l'air comme les autres. Ça ne voulait rien dire.

En France aussi, nous étions comme les autres, ça n'a pas empêché les Allemands de nous pourchasser. Ici, Hélène, les juifs sont en sécurité, m'a dit Charles, c'est leur pays. Leur pays peut-être, mais qu'est-ce qui me prouvait que leurs ennemis n'allaient pas attaquer ? Là, sur le côté, il y avait un grand panneau, avec une inscription en anglais, *Shelter*. *Shelter*, ça veut dire « abri », non ? Ne t'inquiète pas, ils ont l'armée la plus puissante du monde, a lancé Charles, ils sont de taille à les repousser. J'ai hoché la tête mais je restais incrédule, allez Hélène, viens, le bus nous attend, sortons.

C'était étrange. Par les vitres, je voyais défiler un paysage moderne, des tours, des centres commerciaux, des usines, comment était-ce possible, papa nous avait toujours raconté que la Palestine était un marécage, comment avaient-ils construit tout ça en si peu d'années ? L'autoroute était embouteillée, nous avancions au pas, la voix du guide s'est élevée, sur le côté, vous pouvez voir un char utilisé au cours de la guerre des Six Jours. Charles a pris une photo, moi je commençais à être fatiguée, j'ai fermé les yeux, les transports en commun m'ont toujours donné envie de dormir, je n'ai pas vu le reste de la route, ni le panneau *Baruchim Habaim*, bénis soyez-vous, à l'entrée de Jérusalem. Le car a fini par s'arrêter, Hélène on est arrivés, a dit Charles, demain, a lancé le guide dans son micro, rendez-vous à 9 heures, soyez ponctuels.

Notre hôtel s'appelait Le Gloria Dei, et il était situé juste à l'entrée de la vieille ville. Elle était belle, je dois bien le reconnaître. Les murailles millénaires, la porte de Jaffa nimbée de soleil, l'entrée dans le souk bariolé, les étals des marchands regorgeant de babioles, tout ressemblait à la description que nous en avait faite Élisabeth, mais moi, je ne me sentais absolument pas chez moi. J'ai pourtant apprécié la majesté de l'église du Saint-Sépulcre, dans laquelle je me suis inclinée sur le tombeau du Christ. Ensuite, nous avons remonté la Via Dolorosa et les douze stations du calvaire, nous nous sommes arrêtés à chacune d'entre elles pour dire un Notre Père. Pour finir nous sommes arrivés à une porte de contrôle donnant accès au quartier juif et j'ai dit à Charles c'est dangereux de rentrer là-dedans, imagine qu'il y ait un pogrom. Hélène, les pogroms, c'est terminé depuis longtemps, tu ne risques rien, allez, suis-nous, j'y suis finalement allée à petits pas, en tenant sa main, le guide nous a emmenés jusqu'au Mur les lamentations, il disait le Kotel, comme Élisabeth, j'ai trouvé qu'il était moins imposant que sur les photos, mais je suis quand même allée mettre un papier dans l'un de ses interstices, il paraît que si on fait un vœu, il se réalise. J'ai marqué je voudrais que les juifs deviennent tous catholiques comme ça, ils survivront.

Le lendemain, nous avons visité Yad Vashem, le mémorial de la déportation. Un musée en forme d'étoile, qui raconte toutes les étapes de la Shoah, a expliqué le guide. J'ai suivi le groupe, je suis entrée, il faisait grand soleil, et d'un coup il n'y avait plus que de l'ombre et cet écran immense, sur lequel étaient projetées des scènes de la vie à Varsovie. Une vieille dame souriant à sa fenêtre, un enfant jouant du piano, des élèves récitant leurs leçons, une jeune femme préparant le repas, toute une vie sereine, normale, qui s'évanouissait peu à peu au fil des salles dans lesquelles nous entrions. Sieg Heil, le drapeau nazi, Hitler sur les Champs-Élysées, les chants guerriers, les étoiles jaunes au revers des manteaux, semblables à celle que j'avais portée, et puis, dans une vitrine, la natte coupée d'une fillette avec cette légende : la maman de Myriam a coupé ses cheveux avant qu'ils soient déportés, parce qu'elle avait peur de ne pas pouvoir les entretenir. Charles serre ma main, ça aurait pu être toi, tu as eu de la chance, le groupe continue d'avancer, nous voilà dans une grande salle au dôme placardé de portraits, il y en a des dizaines, je lève la tête pour mieux les voir, je cherche celui de mon père. Il est là, tout en haut, papa, je te reconnais bien, tu es plus jeune que quand tu es monté dans l'autobus, mais tu as le même visage slave, les mêmes pommettes hautes, les mêmes yeux plissés dans un éternel sourire. Ce dôme, ce portrait, ces retrouvailles, d'un coup une chape de glace tombe sur mes épaules. Tout le monde croit que c'est fini mais non. Le policier de l'aéroport a bien compris que j'étais juive. Il a dû me dénoncer, et ils vont venir m'arrêter. Ils me feront monter dans un autobus, puis dans un train, les portes seront fermées, nous n'aurons ni à manger ni à boire, papa, où est-ce qu'on va? Ne t'inquiète pas, Hélène, c'est juste le voyage qui est un peu difficile, essaye de dormir. Je ferme les yeux, rassurée, mon père a toujours raison, c'est un grand homme, mais quand le train s'arrête enfin, j'entends les aboiements des chiens, non, je ne veux pas descendre, j'ai beau crier, les portes du wagon s'ouvrent en grand.

Madame Morin, réveillez-vous, vous avez fait un cauchemar, l'aide-soignante se penche sur moi, elle me secoue légèrement, qu'est-ce que je suis contente de la voir, c'est idiot aussi de faire de tels rêves, ça m'apprendra à aller en Terre promise, même sur les pas du Christ. *Madame Morin, je vais vous changer, vous êtes trempée*, d'accord, je veux bien, j'essaie de le lui dire mais les mots ne sortent toujours pas de ma bouche, mmmmh mmmmh mmmmh elle hoche la tête d'un air préoccupé, elle enlève ma chemise de nuit, et passe sur mon corps un gant humide, merci, merci, qu'est-ce que ça fait du bien. Voilà, je vous rhabille, laissez-moi faire, cette femme a les mains douces, elle ressemble à un ange, est-ce que je suis encore sur terre ou déjà au paradis ? À tout à l'heure, dit-elle, je reviens, je dois être sur terre parce que j'entends la porte de ma chambre claquer, et le bruit de ma respiration, si je respire c'est que je ne suis pas morte, c'est l'essentiel après tout, maman disait toujours tant qu'il y a de la vie il y a de l'espoir.

Pourquoi la directrice est-elle là ? Jamais elle n'entre dans les chambres si tôt le matin, je sais qu'il est tôt parce que le soleil ne donne pas encore et qu'elle a été obligée d'allumer la lumière. Elle se penche sur moi, elle me tapote l'épaule, *madame Morin, comment vous sentez vous, est-ce que ça va ?* Ensuite elle passe un tensiomètre autour de mon bras, et ça me pince, une fois de plus, qu'est-ce qu'ils ont tous à m'embêter avec ça ? 19/13, dit-elle, ce n'est pas possible, je vais quand même rappeler le SAMU, non non non, je fais signe de la tête, ça ne va pas recommencer, tout ça, je ne veux pas retourner aux urgences, je veux rester là, allongée, et dormir. Le sommeil, c'est le meilleur des remèdes, disait ma mère, quand nous étions malades elle nous mettait au lit avec une tisane, tilleul, camomille et menthe, elle rapportait les herbes fraîches du marché, avec les courses, est-ce que je pourrais avoir une tisane s'il vous plaît ? *Madame Morin, ne bougez pas trop, je vais vous donner un peu d'oxygène avant que les pompiers arrivent*, allons bon, elle ne m'a pas obéi, elle les a appelés, c'est un scandale, ici, impossible de se faire entendre, d'accord je ne peux plus parler, mais elle aurait pu faire un effort, et lire sur mes lèvres. Dormir, dormir, dormir, voilà ce que je veux, *Madame Morin, laissez-vous faire, je glisse les petits tuyaux dans votre nez*, cette fois, je n'ai pas la force de lever le bras pour les arracher, tant pis, ça pique un peu, mais je vais m'y faire. L'essentiel c'est qu'ils me laissent tranquille.

C'est drôle, l'endroit où je suis. Lumière et ombre, tout s'entremêle, des silhouettes passent devant moi, mais je les vois à peine, on me prend, on me redresse, on me manipule, on me pose des questions que j'entends mal, *madame, comment vous appelez-vous, ouvrez les yeux, regardez ma main, combien voyez-vous de doigts ?* Je vois cinq doigts, le problème, ce ne sont pas mes yeux, j'ai toujours eu une bonne vue, le problème c'est que tout tourne comme sur un manège, j'en ai le cœur au bord des lèvres. J'entends quelqu'un parler au téléphone, *les constantes ne sont pas bonnes, elle respire mal, on va attendre la famille pour décider*, pourquoi attendre, quelle famille ? Je suis orpheline, comme toutes mes camarades, nous n'avons plus l'autorisation de dire papa ou maman, ni de rappeler leur souvenir. C'est le prix de votre sécurité, dit le père Jalu, au début c'est difficile mais ensuite ça passe, croyez-moi j'ai l'habitude. *La famille arrive*, dit la directrice, qu'est-ce qu'elle raconte celle-là, elle est folle.

Ah mais qui est-ce qui rentre dans ma chambre, une vraie troupe, mes filles, mon mari, qu'est-ce qu'ils me veulent à cette heure ? Charles, tu es gentil d'être venu, mais tu n'aurais pas dû, tu n'as pas bonne mine, tu as beaucoup maigri depuis que je ne te fais plus la cuisine, et là, sur ton pantalon, il y a une tache de confiture, il faudrait l'enlever tout de suite sinon elle va rester, attends, je vais le faire. Pourquoi est-ce que je n'y arrive pas, pourquoi est-ce que mes jambes et mes bras ne m'obéissent plus, j'essaie de parler, mais du côté de mes lèvres ça ne s'est pas arrangé non plus, allez, je fais un effort, je les pince en une petite moue, comme un baiser, comme ça, tu sauras que je t'ai reconnu.

Mais qu'est-ce que tu as, tu es préoccupé ? C'est de me voir allongée sur mon lit, sans pouvoir bouger ? Il ne faut pas que tu t'inquiètes, ça va passer, il suffit d'un peu de temps et de repos, et je serai de nouveau en pleine forme. Est-ce que tu serais content que nous fassions un petit voyage ensemble, comme avant ? Pas en Terre promise, nous sommes déjà allés sur les pas du Christ, nous avons même trempé nos pieds dans le Jourdain, là où Jean l'a baptisé, on ne va pas recommencer. On va plutôt partir au Club, c'est le plus simple, on a que nos valises à faire et ensuite ils prennent tout en charge, on est traités comme des millionnaires. Tu te rappelles ? La Sardaigne, le Brésil, la Guadeloupe et la Martinique, chaque année je choisissais une autre destination, les buffets étaient somptueux, on s'amusait comme des fous, et je ramenais toujours quelque chose d'original, des carapaces de tortue de l'île Maurice, elles sont encore accrochées dans l'entrée, des ivoires de Bangkok, des défenses d'éléphants sculptées du Sénégal. Qu'est-ce que tu en dis, Charles ?

Tu es beau, tu sais. Tes cheveux ont blanchi mais ils sont toujours épais, tes yeux sont toujours aussi bleus, tes mains toujours celles d'un pianiste, tu poses la droite sur mon bras, ça me fait du bien, cette caresse légère, j'ai l'impression de redevenir la jeune épousée que tu as dû apprivoiser. Bien sûr, nous étions mariés, nous devions partager le même lit, c'était normal. Mais tout de même, j'avais peur de chacun de tes gestes, et honte de mon corps aussi. Des seins trop lourds, un ventre couturé par la cicatrice de ma péritonite, il n'était pas question que je me déshabille devant toi, et quand nous nous étreignions, c'était dans le noir, même comme ça, je ne te laissais pas me caresser comme tu le voulais, et moi je ne te touchais pas. Des années plus tard, tu m'as avoué combien tu en avais souffert. Tu m'as avoué, aussi, que tu as pris une maîtresse à cause de ça, je t'en ai voulu longtemps, je t'en veux toujours, à dire vrai, mais aujourd'hui je n'ai pas envie de te faire de scène, juste de te laisser effleurer ma peau, ça me donne l'impression d'être vivante. Penche-toi vers moi, pose un baiser sur mon front, enlace-moi, même, avant tout ça m'agaçait, pas envie, pas le temps, maintenant ça me manque. Je regrette toutes les occasions ratées, les baisers que j'ai esquivés, les étreintes que j'ai refusées, et si nous repartions de zéro, oui, c'est ça, revenons à la première nuit, celle qui a suivi nos noces dans la petite église alsacienne. Nous garderons la lumière allumée, je retirerai ma chemise de nuit, je te laisserai me regarder, m'embrasser, me caresser, et neuf mois plus tard, je mettrai au monde un petit garçon prénommé Philippe. Il sera en parfaite santé, je ne le donnerai pas à garder à ta mère, il grandira près de nous, sera brillant à l'école, fera de grandes études, aujourd'hui, il est médecin, c'est lui qui va me soigner, j'espère qu'il ne va pas tarder, parce que tout de même, je me sens de plus en plus mal.

Chapitre 17

7h30

Tiens, je ne l'avais pas remarqué, mais tu portes ton beau gilet, celui que je t'ai acheté pour Noël, je l'ai payé une fortune, c'est du cachemire, mais il te va très bien, et les décorations que tu as accrochées à son revers se marient parfaitement avec sa couleur, bleu foncé, presque marine mais pas tout à fait. Il y a la médaille de la Résistance, et la Légion d'honneur, qui t'a été remise par un général de tes amis, chez nous, c'était une belle cérémonie, même si elle n'a pas eu lieu à l'Élysée, en présence du président de la République.

Remarque, finalement, ce n'est pas si grave. Des présidents, j'en avais déjà vu un, c'était Charles de Gaulle. Il nous a fait l'honneur de venir déjeuner au restaurant pour le repas des anciens combattants, on nous l'a annoncé trois semaines à l'avance pour que nous puissions nous préparer. Nous avons longuement débattu du menu, tous les plats doivent être alsaciens, m'as-tu dit, nous nous sommes finalement mis d'accord pour des bouchées à la reine en entrée, suivies d'une choucroute garnie, d'un munster au cumin, et d'une belle tarte aux quetsches, le fruit de saison. Au jour dit, j'ai demandé à tout le personnel de se présenter en costume régional, avec coiffe assortie. Ça m'a fait bizarre de m'habiller en Alsacienne, et puis je me suis dit que, finalement, ça m'allait plutôt bien. La jupe noire mettait en valeur ma taille, le corsage mes seins, la coiffe mes cheveux blonds, j'avais l'air d'une parfaite Aryenne, décidément, le passé était bien loin. Il était midi juste quand on nous a annoncé que le président arrivait, nous nous sommes tous mis en file indienne pour l'accueillir, j'étais la première, juste après moi il y avait Marguerite et Josette, la femme de Michel, puis les autres serveuses, nous formions une rangée parfaite, au garde-à-vous, ça a dû plaire au Général, parce qu'il a hoché la tête, avant de serrer cérémonieusement la main de chacune d'entre nous. Ensuite, il est allé s'asseoir à la place d'honneur, entouré des autres invités, il y en avait une cinquantaine au total, et c'est moi en personne qui l'ai servi. C'était impressionnant de le voir, si grand, si imposant, impressionnant aussi d'entendre sa voix grave. Roger avait en son temps écouté l'appel du 18 juin, *Mais le dernier mot est-il dit ? L'espérance doit-elle disparaître ? La défaite est-elle définitive ? Non ! Croyez-moi, moi qui vous parle en connaissance de cause et vous dis que rien n'est perdu pour la France.* L'homme qui avait prononcé ces mots était assis devant moi, et Charles m'a photographiée à ses côtés, un beau cliché noir et blanc, que j'ai fait encadrer et accroché bien en vue dans le salon.

Quand je le regarde, je me dis que j'étais bien jeune et bien belle, et que la vie a passé trop vite, un battement d'ailes. Où est-il, le temps des fêtes et des repas en famille, des communions et des mariages, des spectacles et des vacances ? Les uns après les autres, tous mes proches ont disparu, à commencer par ma mère, morte à l'hôpital. C'était un jeudi, nous étions venus la voir avec Marguerite et Michel, elle nous a accueillis en souriant bravement, elle était pâle et défaite mais nous espérions encore. Nous sommes restés un moment avec elle, à bavarder de tout et de rien, maman est-ce que tu as vu le médecin, qu'est-ce qu'il t'a dit, tu as chaud, je vais te passer un tissu mouillé sur le front, est-ce que tu veux boire un peu d'eau, on t'a apporté une part de gâteau au fromage, pour le goûter, on va aller te chercher un thé pour l'accompagner, tu le veux nature ou au citron ? Allons-y, a dit Marguerite, on en profitera pour prendre un verre, à tout de suite. Combien de temps sommes-nous restés attablés à la terrasse du petit bistrot, juste en face de l'hôpital ? Vingt minutes ? Une demi-heure ? Marguerite et Michel ont bu un panaché, moi un Perrier avec une rondelle de citron, on a bavardé de choses et d'autres, la prochaine grève des transports, le temps décidément très agréable pour la saison, les études des enfants, et on est remontés. Mais quand on est arrivés, la porte de ta chambre était fermée.

Après toi, maman, c'est Suzanne qui est partie, de la sale maladie d'Alzheimer, puis Régine, d'un cancer du pancréas, Michel, d'une crise cardiaque, et Roger, d'un AVC. Ma belle-mère est morte elle aussi, et Philippe, le copain de résistance de Charles, est tombé, chez lui, il s'est cassé le col du fémur et il est resté là deux jours, sans pouvoir appeler les secours, parce qu'il vivait seul et qu'il n'avait pas de téléphone portable. Il était encore vivant quand sa femme de ménage l'a trouvé, mais il s'est éteint à l'hôpital. Ensuite, c'est Fanny qui a disparu, à qui le tour ? Pas à moi, en tout cas, je suis du bois dont on fait les centenaires, c'est le médecin de famille qui me l'a dit.

Charles, ça y est ? Tu t'en vas ? Oui, tu as raison, ici, ce n'est pas confortable, tu seras mieux chez nous, est-ce que tu veux bien revenir me voir tout à l'heure ? Je te demande ça avec mes yeux, parce que je ne peux toujours pas parler, j'entends Élisabeth qui s'entretient au téléphone avec les docteurs, c'est bizarre, d'ailleurs, qu'ils ne se soient pas encore dérangés, peut-être qu'ils ont d'autres malades plus graves à visiter. *Merci de me rappeler, docteur, mais hier, nous avons pris une décision avec l'équipe médicale des urgences. Elle est mieux ici qu'en milieu hospitalier, toute sa famille est autour d'elle.*

Je n'ai pas vraiment compris ce que disait ma fille, j'étais trop occupée à regarder Charles partir, mais tant pis, après tout, les médecins vont sans doute arriver, ils savent ce qu'ils ont à faire. Moi, j'ai soif. Je veux boire. Je réclame, mmmmh, mmmmh, mmmh, mais personne ne comprend. Ils sont pourtant tous là assis autour de moi à me regarder, Élisabeth, Lucie, mon gendre, Raphaël, et Victoire, qui vient enfin d'arriver. Elle est jolie ma petite chérie, elle a fait faire des mèches blondes dans ses cheveux châtains, elle a minci, mais elle a l'air fatiguée, on dirait qu'elle n'a pas bien dormi. *Mamie, qu'est-ce qui t'arrive ?* dit-elle, avant de m'enlacer d'un geste délicat et de me presser contre elle, je reconnais son parfum, vétiver mêlé de tabac blond, tu devrais arrêter de fumer, depuis le temps que je te le dis. Tu te rappelles à la maison déjà je te faisais la guerre à cause de ça, entre nous, ça n'a pas toujours été facile, tu n'es pas ma mère, me lançais-tu, laisse-moi tranquille. À la fin j'en ai eu marre, de petite-fille modèle tu étais devenue adolescente rétive, j'ai dit à Lucie de venir te récupérer. Ça tombe bien, m'a-t-elle répondu, je voulais justement te le proposer, elle va avoir un petit frère, ce serait bien qu'ils grandissent ensemble. C'est comme ça que j'ai appris en même temps que tu allais me quitter, et que j'allais être grand-mère pour la troisième fois, je suis restée longtemps entre rires et larmes, et puis finalement je me suis dit que rien n'était pour tout de suite, ni le bébé, ni ton départ. Tu te rappelles, tu as terminé ton année scolaire chez nous, tu étais en troisième, tu travaillais plutôt bien, à Pâques je t'ai emmenée à la Guadeloupe, tu t'es bien amusée même si je t'interdisais de sortir le soir, parce que tout de même, tu étais un peu trop jeune pour aller danser.

Quand tu es partie de chez moi, Victoire, j'ai cru qu'on m'avait arraché le cœur. Je te cherchais partout, tout le temps, le matin je me réveillais et pendant un bref moment je te croyais encore dans ta chambre, je l'avais fait retapisser l'année précédente, dans un joli tissu bleu troué de roses, avec rideaux assortis. La pièce était vide, désormais, plus de petit déjeuner à préparer avant ton départ pour l'école, tu ne rentrais plus après la fin des cours, tu ne te lovais plus dans le canapé, le chat sur les genoux. Tu étais loin, désormais, tu vivais dans une maison étrangère, en compagnie d'un nourrisson qui sollicitait toute l'attention de ta mère, au téléphone tu me disais que tu étais heureuse mais à ta voix métallique, je comprenais bien que non. J'ai supporté la situation vaille que vaille, et puis finalement, au bout d'un an, tu as demandé à rentrer à la maison, et tu n'en es plus repartie que pour te marier. Victoire, ma petite chérie, donne-moi un peu de jus d'orange, ah voilà, toi tu comprends, tu te lèves, tu te diriges vers le Frigidaire, tu prends la bouteille, un verre, tu le remplis, mais non qu'est-ce que tu fais, ne le bois pas, il est pour moi.

Tiens, voilà Guillaume et Édouard, maintenant. Décidément, la famille est au complet, je devrais être contente mais ça me fait un peu peur, je me souviens de la chanson de Charles Aznavour, ils sont tous là elle va mourir, la mamma, il ne faudrait pas qu'elle me porte malheur, je vais essayer de chasser l'air de ma tête. Charles Aznavour, je l'adore, je l'ai vu sur scène plusieurs fois, la dernière, c'était au palais des Congrès, Élisabeth et son mari m'avaient offert la place pour mon anniversaire, nous étions au cinquième rang, c'était formidable, après on est allés manger des fruits de mer. Elle s'est arrangée avec le temps, Élisabeth. Un peu moins sèche, un peu moins cassante, tellement heureuse d'avoir pu avoir un enfant. Le père n'en voulait pas, elle l'a gardé, elle a bien fait, elle s'est mariée plus tard, avec un homme bien, et elle a élevé son fils tendrement. Tout de même, elle nous a fait une grosse peine, à Charles et à moi, quand Édouard a prêté serment. J'avais déjà réservé un taxi, pour être bien à l'heure au Palais de justice, mais elle a fait la moue quand je lui ai dit que nous nous retrouverions là-bas. Tu sais maman, a-t-elle dit, ce n'est plus comme avant, il faut faire la queue pour entrer au Palais c'est long, parfois une bonne heure, je pense que vous allez avoir du mal, surtout papa. Il ne tient pas debout, il va s'énerver si on le fait attendre. Franchement, il vaut mieux que vous ne veniez pas, je filmerai la cérémonie avec un portable, ce sera comme si vous aviez été là.

Mais non, ça n'a pas été pareil, on ne voyait Édouard que quelques secondes, on n'entendait pas sa voix, on ne distinguait pas son sourire, tout était raté, gâché, Charles et moi en avons pleuré. Est-ce qu'on pourrait recommencer, avec nous, cette fois ? Édouard, puisque tu es là, fais-nous monter dans ta voiture, et emmène-nous là-bas. Tu vois, le trajet est rapide, pas de circulation, c'est étonnant comme Paris est vide, depuis combien de temps est-ce que je n'ai pas parcouru la ville en voiture ? Les Champs-Élysées sont toujours aussi majestueux, si on avait le temps, on pourrait s'arrêter, faire un tour dans les boutiques, flâner sur une terrasse, mais non, nous voilà déjà à la Concorde, sur le boulevard Saint-Germain, devant le Palais, pas d'attente, Élisabeth tu vois, on va pouvoir entrer sans problème. La première chambre de la cour d'appel de Paris est toujours la même, banc de bois, plafond magnifique, lustres de cristal, nous sommes bien installés à la mezzanine, Charles n'a eu aucun mal à monter, voilà Édouard qui s'avance, si beau dans sa robe noire, il se plante au milieu de la pièce, il tourne son visage vers nous, il nous sourit, et il prononce les mots du serment. Plus tard, à la maison, on fera une photo, Charles, moi, et lui, en robe, et nous imprimerons nos cartes de vœux de l'année prochaine avec elle. *Monsieur et Madame Morin, si fiers d'avoir un petit-fils avocat.*

Ça a été difficile, finalement, cette journée au Palais. La voiture, la marche, les escaliers, l'émotion… Je ne regrette pas d'y être allée, mais maintenant je suis fatiguée. Mais ils sont tous là, autour de moi, alors je ne veux pas me laisser aller au sommeil, pour une fois qu'on est réunis. Je ne sais pas trop pourquoi ils sont venus, ce n'est ni mon anniversaire, ni Noël, ni la Sainte-Hélène. Un jour, j'ai cherché qui elle était, et j'ai trouvé ceci : *Hélène, mère de l'empereur Constantin, subvenait aux besoins de toutes sortes de personnes et, mêlée à la foule, aimait à visiter pieusement les églises. Elle fit le pèlerinage de Jérusalem, pour rechercher les lieux de la Nativité, de la Passion et de la Résurrection du Christ.* J'ai pensé que cette femme me ressemblait, et depuis, le 18 août, je ne manque jamais de nous célébrer. Il fait toujours beau, l'eau de la piscine est chaude et la fête des Loges bat son plein. Après manger, nous irons tous y faire un tour, et nous marcherons longtemps dans les allées poussiéreuses. Édouard et Guillaume joueront à la pêche au canard, moi je tenterai ma chance à la loterie, j'ai déjà gagné un gros tigre blanc qui trône sur le canapé du salon. Nous nous gaverons de barbe à papa et de guimauve, nous regarderons les manèges à sensation, j'emmènerai les garçons dans la boîte à rire et le train fantôme et, quand nous rentrerons, nous resterons assis longtemps sur la balancelle, et nous dégusterons des barquettes de framboises, j'en ai déjà le goût à la bouche.

Des framboises. Des cerises. Du raisin. Des mirabelles. Voilà ce qu'il me faudrait, pour me remettre vite. Les enfants, pourquoi vous n'allez pas en chercher, c'est sûrement jour de marché, les étals sont pleins. Ramenez-moi des fruits, et aussi des fleurs, un gros bouquet de roses, j'ai envie de sentir leur parfum, et de caresser leurs pétales, et ce sera comme si j'étais dans mon jardin. Je n'ai plus la force d'y aller, je dois bien vous l'avouer, plus la force, non plus, de vous parler d'un battement de cils, mes yeux se ferment malgré moi, pardon, ce n'est pas poli, mais je n'y tiens plus, je vais m'assoupir un moment, j'espère que vous serez là à mon réveil.

10 heures

Est-ce que quelqu'un pourrait tirer un peu les rideaux ? Il fait grand jour, maintenant, la lumière me gêne. Voilà, c'est bien, merci Élisabeth. Puisque tu es là, approche que je te regarde. Depuis que tu es née, je me demande ce que tu as pris de moi. Pas les yeux, les miens sont grands et bruns, les tiens petits et verts. Pas le tour du visage, rond pour toi, carré pour moi. Pas la corpulence, tu es mince comme un fil, j'ai toujours dû lutter contre l'embonpoint. La couleur des cheveux alors ? On ne peut plus savoir, les miens sont restés blonds, les tiens sont gris, pourquoi tu ne fais pas une teinture, comme moi ? Et pourquoi est-ce que tu ne te redresses pas, on dirait que tu portes sur tes épaules toute la misère du monde… Tu fronces les sourcils, est-ce que tu comprends ce que je te dis ? Allez, ne te fâche pas. Tu ne me ressembles pas, mais tu es ma fille quand même. Non ?

Tu ne me réponds toujours pas, tu parles à ton mari. Est-ce que pour une fois tu pourrais te soucier de moi ? Tiens, si tu voulais être gentille, tu me masserais les jambes, ça me ferait du bien. Dans le tiroir de ma commode, il y a de l'huile parfumée, enfin je crois. Ensuite, tu me brosserais un peu les cheveux, je dois être toute décoiffée, d'accord ? Tu sais, il y a longtemps que j'attends que tu sois gentille avec moi, mais c'est la première fois que j'ose te le demander, va savoir pourquoi. Voilà, c'est bien, c'est agréable ce que tu me fais. La fraîcheur de l'eau sur mon visage, la caresse du massage sur mes pieds, ça me revigore. Dommage que mon cœur s'affole, j'ai l'impression qu'il bat à cent à l'heure, il faudrait me prendre le pouls pour contrôler parce que ça s'accélère. Est-ce qu'il va résister longtemps, à ce rythme ? En plus j'ai l'impression qu'il rate un battement sur deux, ça fait clac clac, puis stop puis clac, ça m'inquiète, pour un peu je demanderais à retourner aux urgences. Élisabeth, Lucie, Victoire, est-ce que vous pouvez rappeler le médecin ? Je me sens de plus en plus mal, j'ai l'impression de tomber dans un grand trou noir, je cherche l'air sans le trouver, est-ce que c'est ça, une agonie ? Je dois rêver, une fois de plus, voilà que j'entends chanter *Les Roses blanches*. Rue Félix-Terrier, maman montait le son de la radio quand elle en entendait les premières notes, et elle en reprenait le refrain avec son drôle d'accent. Le jour de sa mort, j'ai voulu lui apporter un bouquet, et puis je n'ai pas eu le temps de le cueillir, je me suis dit, tant pis, ça sera pour demain et j'ai eu raison, puisque te voilà à côté de moi, maman, tu viens de te réveiller, est-ce que tu as déjà pris ton thé ? Il est sur la table de la cuisine, avec des tartines, j'ai sorti la confiture de prunes, celle que tu préfères. Mange tranquillement, c'est bon ? Tu en veux encore ? Non, tu as déjà terminé ? Alors descends avec moi dans le jardin, oui, voilà, comme ça, fais attention à ne pas tomber, tu n'es plus très solide sur tes jambes. Je vais te donner des roses, lesquelles te feraient plaisir ? Les jaunes, encore en bouton ? Les rouges plus épanouies ? Oui, tu as raison, celles-ci sont magnifiques. Je vais en couper une bonne dizaine, il y en a tellement, ça ne fera même pas de différence, ensuite je les envelopperai dans du papier argent pour que tu ne te piques pas à leurs épines, et tu pourras les rapporter chez toi. Qu'est-ce que tu dis ? Que tu n'es plus chez toi depuis longtemps ? Ah oui, c'est vrai, j'avais déjà oublié, tu es morte à l'hôpital, ce jeudi, au moment où Michel, Marguerite et moi étions en train de boire un verre, ce n'est pas grave, je vais aller poser le bouquet sur ta tombe, tu sauras qu'il est là. Je regrette tellement que tu ne reposes pas à côté de papa, lui est à Yad Vashem, dans cette pièce tapissée de photos de gens qui, comme lui, sont montés dans l'autobus. Moi, tu vois, après ma mort, je veux qu'on me brûle, comme lui. Je sais que ce n'est pas bien à cause de la résurrection des corps, quand il reviendra, à la fin des temps, le Christ ne trouvera plus rien de moi, pas même un minuscule bout d'os. Mais après tout peut-être que papa et moi renaîtrons de nos cendres ?

Regarde, Victoire, un papillon. Il est beau, non ? Il ne faut pas essayer de l'attraper, parce qu'il est fragile. Si tu touches une seule de ses ailes, elle va s'effriter, et il va mourir. Laisse-le se poser sur ton bras, tu as la peau douce, ça doit être pour ça qu'il s'y trouve bien. Est-ce que tu as terminé tes devoirs ? Est-ce que tu veux prendre ton goûter ? Je t'ai acheté des chouquettes, je sais que tu les aimes. Demain, ma chérie, nous allons à Disney World. Tu es contente ? J'espère qu'il n'y aura pas trop de monde, je veux t'emmener dans tous les manèges. Celui que je préfère, c'est le Monde des poupées, je ne me lasse pas de me promener en bateau dans ses allées, *it's a small world*, dit la chanson, tu verras, c'est magnifique. Papy prendra des photos, on les enverra à ta maman, tu es là, ma chérie ? Je ne vois plus rien, que du brouillard, mais je sens encore ton parfum. Tu sais, le trou dans lequel je tombe est de plus en plus profond, il y fait de plus en plus noir, est-ce que tu pourrais m'éclairer, s'il te plaît ? Ça serait plus facile, moins angoissant, est-ce que tu crois que ça va durer longtemps, cette chute ? J'essaie de la freiner avec mes mains, mes pieds, ah voilà. Ça y est. Je suis arrivée.

Le feu est allumé dans la cheminée. Derrière moi, près de la fenêtre, le sapin de Noël brille de toutes ses guirlandes. Dehors, la neige tombe régulièrement, il va falloir que je balaye la terrasse, sinon ça va givrer. Pour le moment, je regarde les flammes, en réfléchissant au menu du déjeuner. En entrée, il y aura du saumon et du foie gras. Ensuite, un chapon bien gras, que j'aurai fait rôtir pendant quatre bonnes heures. Charles a acheté du chou rouge, je le couperai en fines lamelles, et je le mettrai à cuire dans la cocotte, avec des marrons. Pour le dessert, j'ai acheté deux bûches au café, et des petits-fours. Ça va être une belle fête, d'ailleurs, je les entends qui sonnent à la porte. Maman, papa, mes frères et sœurs, Charles et les filles, Édouard et Guillaume, Victoire et ses enfants, et puis Fanny, bien sûr. Il faudrait que j'aille leur ouvrir mais d'un coup, la poitrine me fait mal, ça me brûle, de plus en plus, et puis une main s'est abattue sur moi et serre ma gorge, il faut que je me calme, il faut que je respire, je vais me redresser, oui, voilà, comme ça, et puis je vais ouvrir grand les yeux, ça m'aidera.

Élisabeth
Maman ?

ÉPILOGUE

Selon son souhait, Hélène a été incinérée. Ses cendres reposent à côté de celles de son époux.

Quelques mois plus tard, Élisabeth a demandé à faire son *alyah*, en vertu de la loi du retour qui stipule que toute personne née de mère juive aura droit à la nationalité israélienne.

En raison de la conversion d'Hélène au catholicisme, sa demande a été rejetée.

Ainsi, comme sa mère l'a tant désiré, toutes les racines auront-elles été coupées.

Tel-Aviv,
le 16 septembre 2021,
jour de Kippour.

REMERCIEMENTS

À Emmanuel, qui a trouvé le titre de ce livre.

Photocomposition : Soft Office

Achevé d'imprimer en janvier 2022
par la Nouvelle Imprimerie Laballery à Clamecy
pour le compte des éditions Calmann-Lévy
21, rue du Montparnasse 75006 Paris

PAPIER À BASE DE
FIBRES CERTIFIÉES

calmann-lévy s'engage
pour l'environnement en réduisant
l'empreinte carbone de ses livres.
Celle de cet exemplaire est de :
700 g éq. CO_2
Rendez-vous sur
www.calmann-levy-durable.fr

N° d'éditeur : 4300059/01
Dépôt légal : février 2022
Imprimé en France